JN080413

DARIA BUNKO

愛され王子の秘密の花嫁

森本あき

ILLUSTRATION Ciel

ILLUSTRATION
Ciel

CONTENTS

愛され王子の秘密の花嫁

ヒノモトは沈む。

全世界の科学者がそう警告した。

かつては日出《ひい》ずる国と呼ばれたヒノモトが、そのうち、ゆっくりと海に沈んでいく。

それなりに長い間、鎖国をしていたヒノモトの民は、こんな事態になってようやく国を出ていくこととなった。

たいていの国がヒノモトの民に同情し、快く受け入れてくれる。いろいろな事情でヒノモトの民はかなり少なくなった。とはいえ、国が成立する程度なのだから、それなりの人数がいる。

全員がおなじ国に移住できるわけではない。

権力者や金持ちは、大きな国へ。

普通の人は、それなりの国へ。

そのどちらでもない人は……。

ヒノモトの民は世界で唯一の黒い髪と黒い瞳を持ち、それを美しいと思う人にとっては高い価値がある。鎖国をしていることでその価値はますます高まり、どうやって手に入れたのかはわからないが闇市場で高値で売買されていたという話もある。

つまり、権力もお金もない人の運命はあまりいいとは思えない。身元を引き受けると思わせておいて、金に目のくらんだ悪人に売られるかもしれない。

国がなくなる。

それは安全を保障してくれるものがなくなるということ。

別の場所で、これまでとはまったくちがう人生を送らなければならない。

ヤマト言葉と呼ばれる言語を話し、諸外国との交流のないヒノモトの民にとって、それは容易なことではない。

ヒノモトが沈むまではまだ時間がある。全員が一気に脱出するわけではなく、きちんと移住計画が立てられて、何年かかけてヒノモトを去っていく。

そうなると、先に逃げた人たちから情報が入ってくる。

この国はだめだ。言葉がまったく通じない。食事もちがう。一緒に来た人がいなくなってしまった。どうやら売られたらしい。国に帰りたい。沈んでもいいから、そこにいたい。

そんな弱気なことばかりが聞こえてくるようになって、高齢者の中にはヒノモトに残る人も増えてきた。

どうせ死ぬなら生まれた国がいい。いまさら、別の国で生きようとは思わない。

最初は全員を移住させようとしていた政府も、最後にはあきらめた。

国にいようといまいと、それは個人の自由だ。好きにしてくれていい。

そうなると、高齢者以外で国に残ろうとする人も増えた。

もしかしたら、国は沈まないかもしれない。

もしかしたら、何かの奇跡が起こるかもしれない。

だって、ここは日出ずる国なのだから。

そして、最後の船がやってきた。

最後の船になるはずではなかったのに、最後になってしまった船。

その船がヒノモトの港を離れて間もなく、ヒノモトの象徴である火山が噴火した。あまりにも大きな火はとても非現実的で、船にいる人たちは全員、自分の目を疑った。

何度か火を噴いた火山はそのあと沈黙して、しばらくすると、ヒノモトがゆっくり海に消えていく。

ヒノモトが完全に海に沈むまで、そんなに時間はかからなかった。

国のあった場所は、ただの海になった。

まだ半分以上残っていたヒノモトの民たちは、そのまま消えてしまった。

ヒノモトの消滅を見たのは、船にいた人たちだけ。

数百人の目撃者を残して、ヒノモトは消えた。

この世から、消えた。

完全に。

1

「…おなかが空いた」

ルルは目覚めてすぐに、そう思った。

このところ、いろんなお店が警戒していて、まともに食事ができていない。

やせっぽっちの小汚いガキに気をつけろ。

そのようなことを言われているのは知っている。言葉はまったくわからないけれど、悪口はなぜか通じるものだ。

小汚いのはしょうがない。お金がないから、外で寝ている。お風呂にも入ってないし、入ろうとも思わない。とにかく、自分の容姿を隠したい。ホコリまみれのいまは、汚いな、と思われて相手が勝手に視線をそらしてくれる。それでいい。

この国は気候がよく、夜でも暖かい。だから、洋服一枚で寝ていても風邪を引いたりしない。空気は乾いていても湿ってもいなくて、心地いいと思える。

ヒノモトには四季があったが、この国はどうなんだろう。ヒノモトならちょうど初夏。そのせいで暖かいのか、それとも、一年中温暖なのか。温暖ならありがたい。このまま、外で過ごすことができる。

でも、実際はどうなのかは時間がたってみないとわからない。

この国のことは名前も知らない。地図上でどこにあるかも知らない。なんにも知らない。

そんな国になぜいるかというと、ヒノモトを出発した船がこの国に給油のために立ち寄ったからだ。

給油している間に、ルルは船から逃げた。この国に降りたった。

それも、もともとの計画。船の本当の目的地に行くつもりはなかった。

船の目的地ははるか先。この世の楽園と呼ばれる国へ向かうために、豪華すぎる船は出航した。

全員が浮かれていた。昼も夜もなく騒ぎ、船のどんな場所にも人がいる。全員が顔見知りのようで、会うと気軽にあいさつをしていた。

それは想定外だった。

いくら鎖国をしている小さな国とはいえ、みんながひとつの場所に暮らしているわけじゃない。中央都市はもちろん、地方都市にもそれなりの人がいる。ルルは地方都市に住み、自分の周りの小さなコミュニティの中で暮らしていた。ちがう都市に知り合いなんていない。

だから、船に乗っても大丈夫。だれも自分を知らないんだから、すました顔でそこにいればいい。

そんなルルのもくろみは見事に外れた。

驚いたことに、全員がドレスやタキシードを着ている。まるで、どこかのパーティーみたいだ。ルルのように安っぽいシャツとズボンなんて格好の人はいない。だから、隠れた。だれとも顔を合わせないように。

きっと初日だけだ。翌日からは、みんな普通の格好をするだろう。それまでは見つからないようにおとなしくしていればいい。

まずは食事をしたい。しばらく何も食べていないので、おなかがぺこぺこだ。

食事はビュッフェスタイルで用意をされているため、準備や後片づけでクルーが忙しくしているときに、こっそり忍び込んで盗むことができた。お金持ち専用の船だけあって、食事も大変に豪華。いままでルルが食べたことのないようなものがたくさんあり、持参した容器に片っ端から入れていく。

自分の隠れ場所に戻って、それを食べたら、あまりのおいしさに踊りだしたくなった。世の中にこんなおいしいものがあるんだ、と感動した。

食事の心配はしなくていい。ビュッフェの場所は一日中、それこそ、本当に二十四時間開いているので、いつでも盗むことができる。

これで、ルルの心配はひとつ減った。食事さえできれば、船の中で生きていける。

あとは普通に歩き回れるようになれば楽になるんだけどな。

もちろん、周りがお金持ちばかりでルルがだれとも知り合いでなくても、ちゃんとした乗客なら堂々としていればいい。

でも、ちがう。

ルルは密航者だ。

そんなことをしなくても国を出たい人はだれでも出られるし、船も全員分、用意されている。

ただし、船には種類があった。

お金持ち専用の豪華客船、普通の人なら費用が出せるぐらいの船、そして、無料の船。

それぞれ、行き先がまったくちがう。お金持ちは好きな場所を選べるし、普通の人たちは行き先を選べないけれど、きちんとした場所へ連れていってもらえる。

無料の船は行き先を選べないどころか、それに乗っていた人たちの消息すらわからない。ルルの知り合いで最初の無料の船に乗った人がいたけれど、一年たってもなんの連絡もない。

ヒノモトの民は高く売れるらしい、というのは噂話《うわさばなし》として聞いてはいた。

もしかしたら、無料の船の人たちは売られたのかもしれない。

そんな話が最近になって回ってきた。無料の船に乗った人たちの消息がまったく入ってこないからだ。

政府は当然、否定した。だれもが安全に暮らしている、と公式に発表もした。一人、二人、無料の船の人たちの元気な様子が公開されて、そのあと、またぴたりと止《や》んだ。それが逆に怪しく思えた。

無料の船の乗客の安全は保障されていないのではないか、とだれもが疑うようになっていた。

ルルはお金がない。だから、逃げるなら無料の船しか選べない。

このままヒノモトとともに沈む気はない。ルルはまだ若く、未来がある。ヒノモトではまともな仕事もできなかった。ヒノモトよりも、ほかの国の方がいい生活ができる可能性はある。だからといって、無料の船に乗って、着いた先で売られるのはごめんだ。本当に売られるかどうかはわからないけれど、そういう噂があるところに進んで行きたくはない。ちゃんとした国で自分の力で生きていきたい。

さあ、どうしよう。

幼いころから、生きる知恵だけはあった。お金がないなりに、いつもどうにかやってきた。

今回もそうすればいい。

ルルは船の発着場でしばらくの間、観察をつづけた。そして、気づいた。

お金持ちは荷物が多い。荷物が届いてから船が出航するまでの時間は決まっているから、クルーはみんな、焦《あせ》りながら荷物を運んでいる。その一員のふりをして荷物を運べば、船の中に入れるんじゃないだろうか。

だめだったら、ちがう手段を考えればいい。とりあえず、やってみよう。

びっくりするぐらい、あっさりと中に入れた。出航するまで荷物室でおとなしくして、船が動くのを確認してから、そこから抜け出した。それもまた、驚くほど簡単だった。

そして、ルルはお金持ち専用の船の乗客になった。

ただし、だれにも見つかってはいけない。見つかったとしても、途中で降ろされることはないだろう。だけど、お金持ちに混じって、目的地の住民になれることもない。ルルが住むためのいろいろなものが準備されていないのだから。最悪な場合、そのままヒノモトに帰されてしまう。

冗談じゃない。ヒノモトに戻って、改めて無料の船に乗るつもりはない。

だから、絶対に見つかりたくない。食事を盗む以外ではみんながいる場所には出ずに、隠れていよう。目的地までは行かない。こんな大きな船だ。途中で給油はするはずだから、そこで降りよう。

そんなときだった。

ヒノモトの山が噴火したのは。

ボン、という音はとても軽くて、最初はなんなのかわからなかった。何人かが同時にクラッカーでも鳴らしたのか、と思うぐらい、軽い感じがした。しばらくして、また、ボン、と鳴って、ざわめきがルルのいる場所まで届いてきた。

そのざわめきは、いいものじゃない。

ルルは気になって、隠れ場所を出た。ざわめきをたどると、デッキにたくさんの人が集まっている。乗客どころか、クルーもいる。

どうしたんだろう。

また、ボン。

その音がした方を見ると、大きな煙と炎が見えた。

あれは…。

「フジだ」

だれかのつぶやく声。

そう、フジだ。ここからでも見えるぐらい大きな霊峰《れいほう》。そこが噴火している。

ヒノモトには、まだたくさんの人が残っている。

どうなるのだろう。みんな、大丈夫なんだろうか。

全員が、不安に思いながらも口に出せない雰囲気だった。言葉にしたら、それが現実になってしまいそうで。

ルルもただじっとヒノモトの方向を見ていた。

「沈む…」

そう口にしたのは、だれだったただろう。

目の前にあるフジがどんどん小さくなっていく。

これだけ離れていても肉眼で見える山が消えていく。

フジが完全に見えなくなるまで、だれもそこを動かなかった。

動けなかった。

フジがなくなったということは、つまり、ヒノモトもなくなったということ。

いつか失う故郷だとは知っていた。

だけど、まさか、こんな早くに。

こんなふうに。

しばらくして、人が散り始めた。だれも口をきかなかった。ただ黙って、部屋に戻っていった。

それから、船は静かになった。だれも部屋から出ない。食事はするが、うつろな様子でお皿にのせて部屋に持っていく。

ルルはようやく普通に行動できるようになった。

ヒノモトが沈んだことが悲しいとは、正直、思わなかった。

知り合いはいても、親しい友人はいない。ヒノモトにいい思い出なんてない。

鎖国しているせいで国外に出られなくて苦しんだ。ヒノモトが沈むから外に出られると知って、だれよりも喜んだ。

そのぐらい、ルルにとってヒノモトはいやな場所だった。

黒髪で黒い目。それが当たり前とされる場所で、当たり前ではないルルは普通に生きることがむずかしかった。

生きる知恵がついたのは、そうしなければ生きていけなかったからだ。

ただ、ヒノモトに残っていた人たちが亡くなってしまったことはとても気の毒だと思う。ルルにひどいことをした人たちもその中にいるが、亡くなっていいとは思っていない。

彼らの恐怖を思うと胸が痛い。

安らかであるように、と祈る。

ルルにはそれしかできない。

静かになった船はとても快適で、ドレスやタキシードの人もいなくなり、ビュッフェで食事を盗むときも、特に気をつけなくてもよくなった。

だれもがぼうぜんとしていて、ルルの存在にすら気づいていなかった。

日にちがたつにつれて、ますます船の中で暮らすのが楽になっていった。

このまま地上の楽園まで行こうか。そこで、人生をやり直せるかもしれない。

一瞬、そう考えたけれど、船の中にいることに耐えられなくなった。最初はおいしいと思っていた食事も、おなじものがつづくと飽きてくる。白いごはんにお味噌汁といった質素なしのが恋しくなってくる。

もともと、じっとしているのが好きじゃない。ヒノモトを逃げられなかったころの自分が、船の中から逃げられないいまの状況と重なって、苦しくなってきた。

だから、給油のために船が寄港したとき、あとさき考えずに降りた。

地面を踏みしめた瞬間、ああ、よかった、と思った。

降りてよかった。足が地についている。

揺れてない場所を歩けるのが嬉しくて、ずっと足を運びつづけた。

この国がルルの新しい居場所になる。

ルルがいるのは、なんにも知らない国。

でも、これから知っていけばいい。

時間はたっぷりある。


「とか、考えてたんだよね」

ルルはベンチに座って、ふう、とため息をついた。

あのときの自分は希望に満ちていた。

言葉が通じない国で暮らす。

そのことの意味をまったくわかっていなかった。

船からこっそり降りて、港から街らしき場所へ向かって歩きながら、自由になった気がして鼻歌が自然とこぼれた。

ここは、どうやら大きな国らしい。

港は立派だった。たくさんの人が働いていて、食堂や商店などもにぎわっていた。降りる前にたくさん食べてきたし、しばらくは困らないようにたっぷり容器に食べ物も持っている。だから、そこに寄る必要はないのだけれど、あまりにも楽しそうな様子にふらふらと近寄りそうになった。

この国の通貨など持っていないのに。

港から出ようと、そこからつづく石畳《いしだたみ》の道を歩きながら、ルルはきょろきょろと辺りを見回す。たまに会う人が驚いたようにルルを見ていた。こういう視線には慣れっこなので、特に気にはならない。

ただ、こんな大きな国でもルルはめずらしいんだな、と思う。

港からずいぶん歩いて、ようやく中心街のような場所にたどり着いた。それまでも会う人会う人に驚かれて、たまには声をかけられる。もちろん、言葉なんてわからない。あいまいな表情で首を左右に振ると、その場から逃げ去った。

なんとなく、めんどうなことになるような気がしたのだ。

そういうルルの予測は当たる。これまで、その予測に頼って生きてきた。危険が近づいたら、体のどこかが教えてくれる。

そのときは、ちりり、と頭が痛んだ。

頭？　どうして？

そこで気づいた。

ルルの黒い髪だ。みんな、それに驚いているのだ。

黒髪なのはヒノモトの民のみ。なので、その髪でいる以上、ヒノモトの民としての誇りを持って行動するように。

政府からの注意喚起《かんき》にあったそれを読んではいたけれど、忘れていた。

ふんっ、誇りだって。

そんな感情もあったと思う。

だけど、今回はちゃんと覚えておかなければならなかった。黒い髪は、つまり、ヒノモトの民の証拠。この国にいるはずのないヒノモトの民がいれば、驚くに決まっている。

ルルは慌《あわ》てて髪を隠そうと荷物を探った。小さなリュックひとつに、必要なものをすべて詰《つ》めてきた。もしかしたら使えるかもしれないヤマト金貨。着替えが何枚か。歯ブラシや石鹸《せっけん》などのちょっとした衛生用品。容器がいくつか。たった、それだけ。

ルルが十八年間生きてきて、必要と思えたのはそれだけ。

ほかのものは部屋に置いてきた。生活しているときには家具などもっといろいろと必要だったのに、出ていくとなるとリュックひとつに収まってしまう。

それだけしか物を持っていない自分が哀れなような、逆に身軽で嬉しいような、相反《あいはん》する気持ちで部屋を出た。

狭い部屋。でも、愛着はあった。

「思い出してる場合じゃない！　髪を隠さないと」

リュックの中身を見ているうちに、少し感傷的になってしまったらしい。着替えの中から白いシャツを出してきて、それで頭をぐるぐる巻きにする。

おかしな格好ではあるけれど、黒い髪よりはマシだ。こういう風に頭に何かを巻く国の人もいる、と本で読んだことがある。

だから、きっと大丈夫。

ルルの予想どおり、それ以降は特にだれにも気にされなかった。

街の中を歩いて、公園にたどり着く。緑にあふれた場所はとても安心する。ルルの住んでいた地方都市は緑が豊かな場所だった。

いい思い出はそんなにないけれど、完全になくなってしまったいま、なつかしい気持ちはある。

とりあえず、ここを拠点としよう。しばらく街の様子を眺めて、働ける場所があったらそこで働きたい。

ルルはいつだって働いてきた。物心ついたときからずっと、子供でもできる仕事をしてきた。ほんのちょっとでも稼いで、自分のものを自由に手に入れたかった。

やる気さえあれば、どうにでもなる。どんな仕事でもいとわずにやれば、お金は稼げる。

だから、大丈夫。

「…なんてことも思ってたんだよね」

はあああ、と今度は特大のため息がこぼれた。

大丈夫なわけがなかった。

言葉が通じない、というのがどういうことなのか、本当の意味でまったく考えていなかったのだ。

ヒノモトにいるときは、どこに行ってもだれとでも会話ができた。全員がおなじ言葉を話すので、なんにも困らなかった。

この国では、何もかもがわからない。わからない、ということすら伝えられない。

ヒノモトでは海外の言葉を一切学ばなかった。外国からだれも来ないし、どこにも行かないから必要がない、との理由だった。

とはいえ、完全に諸外国との交流を断っていたわけではない。輸出も輸入もしていたし、海外から飛行機や船でやってくる人もいた。選ばれし優秀な人たちは政府機関でいろいろな国の言葉を学んでいたらしい。それが真実かどうかは知らない。もう知ることもできない。

ヒノモトのもっとも人の少ない場所にあったその発着場はデジマと呼ばれ、厳重な警備が敷かれていた。外国の人が見てみたい、なんて理由でそこに近づこうものなら、捕えられて厳罰に処される。

それでも、ヒノモトから出たい人は危険を冒《おか》して密航する。そのために外国の言葉を独自に学ぶ。

ルルも、いつか海外に逃げたいとは思っていた。ヒノモトで暮らすよりも窮屈《きゅうくつ》じゃないはずだ、と。

でも、外国の言葉を勉強する時間がなかった。もっと言ってしまえば、本気で海外に行きたいとも思っていなかった。

ヒノモトは好きじゃない。いい思い出なんかない。

だからといって、別の国で一から人生を始めるのはもっと大変なことぐらい、ちゃんとわかっていた。

鎖国をしていなくて、外に行くのが容易であれば、もしかしたらヒノモトを飛び出ていたかもしれない。だけど、命を賭けてまでヒノモトを出たい、とは、どうしても思えなかった。

外国の言葉を学ぶことはムダだと思いこんだ。

そうやって、なんにも学ばずにきた結果、いま、死ぬほど後悔している。

どこの言葉でもいい。ヤマト言葉以外を学んでおくべきだった。

ヤマト言葉はヒノモトの民しか話せない。どこの国の言葉だとしてもヤマト言葉よりは通じるだろうし、こんなに大きな国だったら、ルルが学んだ言葉の国出身の人がいて通訳をしてくれるかもしれない。

こんなにたくさんの人がいるのに、だれとも意思の疎通《そつう》ができない。働いてお金を稼ごうにも、それを伝えることができない。

ルルにいまできることは、公園に寝泊まりして、おなかが空いたら何かを盗んで食べるだけ。

このままじゃいけない。

そんなことはわかっている。

でも、どうしたらいいかわからない。

本当にわからない。

ヒノモトの民だと気づかれたら面倒なことになることだけは理解しているので、まずは黒髪をどうにかしようと考えた。染めるなんて高度なことはできないけれど、いつまでも頭にシャツを巻いているわけにもいかない。

そのためには、黒髪を目立たなくすればいい。

ルルは公園の砂をかぶって色をグレーに近くした。砂の質がいいのか、きちんと髪にくっついて、色を隠してくれる。それでも、しばらくすれば砂は落ちる。そのたびに砂をかぶり、そのうち、ホコリやら何やらがまとわりついて、完全にとれなくなった。体だけは公園の水で清潔にしているけれど、髪を一切洗わない。黒い髪をさらす恐怖よりもホコリだらけの方がいい。

そうやって黒髪を隠してしまうと、だれからもぎょっとされることはなくなった。かわりに、蔑《さげす》みの目で見られるようになった。

ヒノモトの民だと知られるぐらいなら、蔑みの方がいい。

ヒノモトが沈んだことをこの国の人は知っているのか、いや、この国だけじゃなくて世界中で知られているのか、そういうことも気になるけれど、たしかめる方法がない。

言葉が通じないのは本当に困る。

仕事をしたいのにできない。情報を知りたいのに得られない。

これからも、ずっとこんな生活ができるわけがない。そのうち、公園にいることすら許されなくなるかもしれない。

そのときにどうすればいいのか、まったく考えていない。

考えなければならないことはわかっていても、突破口が見つからない。

それほど、言葉が通じない、というのは大きい。

「これから、いったいどうなるんだろうね…」

ふう、と小さく息を吐く。大きなため息をつく元気すらない。

この国にたどりついて、いったい、何日がたったのか。結構長いような、そうでもないような、不思議な感覚だ。

豪華な船に乗って、ちがう国に行けば、まったく別の人生を歩めると思っていた。

たしかに、まったく別の人生ではあるけれど、ルルが望んだものじゃない。

もっと、いい人生を送りたかったのに。

「ここで暮らす意味があるんだろうか……」

また、吐息のようなものがこぼれた。

いっそのこと、黒髪を見せて、ヒノモトの民だと知らせた方がどうにかなるんじゃないか。

そんなことすら、思い始めている。

だって、完全に詰んだ。

このままだと、ずっと公園で寝泊まりをして、おなかが空いたらどこかで食べ物を盗んで、の繰り返し。気づいたら何十年もたっていて寿命で死ぬ寸前、なんてことが冗談でもなんでもなく起こりそう。

こんな生活のために船に乗ったわけじゃない。

無料の船に乗るよりもいい未来を、と願ったはずだ。

なのに。

ぐーきゅるるる。

おなかが鳴って、ルルはそこをなでた。

「おまえだけは元気でいいな」

時間がたてば、ちゃんとおなかが空く。何かを食べたくなる。

昨日はまともに盗めなかったから、よけいにおなかが空いている。しばらく盗みに行かなくてもいいぐらいの量を持ってこられればいいんだけど。

あ、果物が食べたい。果物なら、ぱぱっとリュックに入れて、さっと逃げられる。ルルはとても足が速い。そのおかげで、これまで助かることがたくさんあった。いまみたいに何かを盗んで逃げなければならないときにも役立っている。

「行こうか」

おなかにそう声をかけた。

おなかが答えてくれたらな、と思う。

だれとも話さない生活も、そろそろ限界が近い。

ヒノモトにいたころ、一人で生きている、と思っていた。

だれにも頼らず、自分の力で生きている、と。

そんなことはまったくなかった。本当の孤独を知って、それがわかった。

「だれでもいいから、ヒノモトの民がいないかな」

世界中に散ったヒノモトの民がこの国にいないともかぎらない。だとすると、やっぱり、黒髪に戻した方がいいんだろうか。

でも、いなかった場合のリスクもある。ヒノモトの民は高く売れるんだから、とらえられたらおしまい。

「あとちょっとだけ、がんばってみよう」

何をどうがんばればいいのか、わかっていないけれど。

それでも、まだ黒髪をさらすのは怖い。

「おいしそう」

ルルは果物店を目にして、心が浮き立った。果物は船の中以来、食べていない。おなかを満たすことを優先して、炭水化物とか加工ずみのお肉とかを狙ってきた。魚が食べたいな、と思うけれど、あんまり見かけない。探し方が悪いのかもしれない。

でも、いまは果物を体が欲している。

カラフルな店頭には、見たこともない果物がたくさん並んでいた。はじめて食べる果物はとても魅力的だけど、自分の好みかどうかはわからない。ここは無難に知っているものがいい。ブドウとかどうだろう。簡単に食べられるし、甘くておいしい。ミカンもいいな。ちょっと甘酸っぱいものが食べたい。

よし、そうしよう。

この国の人はとてものんきなのか、他人を信用しすぎているのか、店頭にものを並べているのに見張ってはいない。そのおかげで、今日まで食事に困ることはなかった。

もちろん、盗んだら見つかる。しばらくは警戒される。だから、離れた場所で盗む。

盗むのはいけないことだとわかってはいるし、申し訳ないとも思っている。

だけど、お金がないのだ。

言葉がわかって、どんな仕事でもいいからできたら、貧乏ながらも暮らしていける。ヒノモトでもそうやって生きてきた。

いつか、この国の言葉を覚えて、仕事ができるようになって、お金が貯まったら、盗んだところには謝りにいこうと考えてはいる。

いつになるのか、まったくメドがたたないのがつらい。

こんな生き方じゃいけないよな。

その気持ちをぐっと抑《おさ》えた。落ち込んでいる暇はない。反省はあとからいくらでもできる。

ルルはリュックを背中からおろすと口を開けた。そこに放りこんで、逃げる。とにかく逃げる。後ろも見ずに逃げる。

よし、いくぞ。

足音をさせないようにこっそり、だけど、すばやく近づいていく。だれかがいると思わせてはいけない。店内でのんびりしている人に出てこられると困るのだ。

まずはミカンから、ひとつずつリュックの中に入れていく。手が小さいので、一気に何個もつかめないのがもどかしい。ミカンというよりは、もっと皮が厚くて大きめだけれど、匂いは似たような感じだ。うん、これなら食べられる。

つぎはブドウ。紫のも緑のもあるから、両方盗《と》ろう。

ブドウに手を伸ばした瞬間、ひょい、と首元のシャツを持ちあげられた。

しまった！

ルルは一瞬、頭が真っ白になる。

まさか、つかまるなんて思ってもなかった。これまでも大丈夫だったから、油断しすぎていた。

ちゃんと後ろも警戒してないといけなかったのに、店内の人にばかり気を配っていた。

待て。落ちつけ。

ルルは自分に言い聞かせる。

これまでだって、ピンチはいくらでもあった。そのたびに、どうにか切り抜けてきた。いまだって大丈夫。

ひとまず、逃げよう。ブドウはもったいないけど、ミカンだけでいい。

ルルは大きく息を吸って、吐いた。持たれたままのシャツを軸《じく》にして回転すれば、後ろの人に蹴《け》りを浴びせられる。

この人は悪くない。ルルが悪い。

わかっているけど、逃げなきゃならない。この街をあきらめて、どこか別のところへ行こう。歩いていけば、またどこかの街には着くだろう。

せーの！

くるり、シュッ！

本能のまま、足を動かした。理性が働いてしまうと、手加減をすることになる。それだと、ルルを持ちあげられるぐらいの相手は倒せない。

…あれ？　当たっていない。

おかしい。ルルの蹴りはどこでも通用した。これまでもヒノモトでいやがらせまがいに手や肩をつかまれるたびに、相手を蹴ってきた。痛みにうめいて手を離した隙に逃げる。それは相手が悪いからだし、そのことに罪悪感はない。

間合いや距離感、スピードなど、自分の蹴りはかなりいいと思っている。

それなのに。

何か、言葉が聞こえた。まったく意味をともなわない音の羅列。

それでも、怒っているわけではないとわかる。言葉には感情がともなっているものだ。喜怒哀楽ぐらいは読みとれる。

まだ、その人はルルのシャツを持ったままだ。ルルはそれを離させようと手を首の後ろに回した。

ガリッと思い切り引っ掻けば、さすがに手を離すだろう。

でも、そこまでしていいんだろうか。怒っているわけでもなく、こうやってつかまえているのに暴力をふるってくるわけでもない。

そんな人にひどいことを…しないと逃げられない！

ルルは相手の手を思い切り引っ掻いた…はずだった。なのに、その手は何かに覆われていて、ルルの攻撃なんて届かない。

あれ？

ガリリッ。ガリリリッ。

また何か言われた。今度は少し含み笑いが混じっている。

むかっ。むかむかっ。むかむかむかっ。

生来の強気さがルルの中で頭をもたげた。両手でぐっとその人の手をつかんで、離そうとやっきになる。

ぐるり、ぐるり、ぐるり。

ルルの体が回り始めた。

よし、このまま遠心力で手から離れてやる。

相手が笑った。心底、楽しそうな声。

男の人だ、と思った。

もちろん、そんな予想はしていた。この手の力強さは男の人なんだろう、と。

でも、女性だってこともあるしね。実際、女性にこうやってつかまれそうになったこともある。背が高くて力が強いのは男の人だけじゃない。

それまでも声をかけられていたけれど、何を言っているかわからないのと、声色に混じる感情を読みとるのに精一杯で性別なんて気にしてなかった。

笑い声は全世界共通だ。だから、すっとルルの耳に入ってきたし、男の人なんだな、と認識できた。

ルルは下げていた頭をあげた。顔を見られるとまずいと思って、ずっとうつむいていたのだ。地面しか見ていなかった。

まず見えたのは下半身。徐々に視線があがっていき、全身が目に入ってくる。

男は白い洋服を着ていた。フリルがついた袖《そで》や襟《えり》は男性用だからか甘い感じにはならず、なんて言うんだろう…、王子様？

あ、そうだ。格好だけなら王子様に見える。

筋骨隆々《きんこつりゅうりゅう》の大男でもなかった。それなりに体格はいいけれど、想像していたよりもすらっとしている。

そして、顔は…。

ルルが顔をあげたからか相手からものぞきこまれて、ルルはじっと相手を見つめ返してしまう。

とても、きれいな顔だ。そして、予想したよりもかなり若かった。ルルよりも年上だろうけれど、そんなに離れていなそうな感じ。

目は青い。そういう目の色の人をはじめて見た。青い目なんてあるんだ、世界は広いな、と思った。

そして、自分がもしこの国に生まれていたら、疎外感《そがいかん》を味わわずにすんだのかもしれない、とも。

すっと切れあがった目は形がとてもよくて、鼻もとんでもなく高い。こんなに高い鼻で、ぽきっと折れたりしないいんだろうか、とよけいな心配をしてしまう。鼻って、こんなに高くて平気なもの？　唇は普通だった。ルルがよく知っている唇の形をしていた。

そのことに、なぜか、ほっとする。

ちゃんと人間なんだな、と思えた。いや、もちろん、人間なんだけれど、自分とあまりにもちがいすぎる容姿なので、少しでも近いところがあると安心する。

髪は金髪だった。それも、とてもきらきらした色。日光に当たって、まるで彼そのものが輝いているように見える。

にこっと笑われた。

ルルも思わず、にこっと返してしまった。

ちがう！　逃げるんだってば！

果物を盗んでいるところをつかまえられて、無事ですむわけがない。言葉が通じないいんだから、言い訳もできない。ヒノモトの民だとわかったら、どうなるのか知りたくもない。

いまなら大丈夫。髪は隠した。だから、平気。

だって、目は…。

ルルの目は左右の色がちがう。右が緑で、左が黒みがかったグレー。完全に黒じゃないので、ヒノモトの民だとは思われない。

この目のせいで、ヒノモトにいたときは異端者《いたんしゃ》扱いをされていた。産みの親には生後すぐに捨てられた。養護施設で育てられて、そこでもバケモノ呼ばわりされてまともに世話をしてもらえなかったので、十二歳で飛び出した。それからずっと、自分の力で生きていた。

この目を気にしない人が雇ってくれて、暮らしていけるだけの給料をもらえた。その人たちには本当に感謝している。

友人とまではいかなくても知り合いと呼べる人たちもいた。

帰りたい。

いま、痛切に思う。

あの国に帰りたい。ほとんど全員に無視されていたように感じていたけれど、そうじゃなかった。ちゃんと毎日、話をする相手がいた。声を出していた。

この国に来てから、自分としかしゃべっていない。

だれかとしゃべりたい。

帰りたい。

男はルルに話しかけつづけている。たぶん、果物を返せばいい、みたいなことだろう。口調がやさしい。言い聞かせているような調子だ。

でも…。

「わからないんだよっ！」

ルルはわめいた。

「あなたの言っていることがわからないっ！　ひとことも…わからない…」

涙がこぼれた。ぽろぽろと、これまでたまっていたものが目から流れ落ちた。

「ヤマト言葉！」

え…？

ヤマト言葉、と聞こえた。

いや、でも、まさか、そんなはずがない。

きっと、何かちがうことを言ったのだ。だって、この国にヤマト言葉を話せる人がいるわけがない。偶然、そう聞こえただけ。

男はまじまじとルルを見ている。

「きみもヤマト言葉を知っているの？　嬉しい。だれかとヤマト言葉を話すのはひさしぶりだ。このまま、ヤマト言葉で話していいかな？」

やわらかい声。聞き慣れた言葉。

安堵《あんど》のあまり、また涙が流れる。

「どうして…ヤマト言葉を…」

もう一度、だれかが話しているヤマト言葉を聞けると思わなかった。

「ぼくはヒノモトの研究をしているんだよ。ヒノモトのことを考えると胸が痛むね」

彼は本当に痛いかのように顔をゆがませた。

あ、この人は信用できる。

そう思った。

声には絶対に感情がこもる。怒っている人はどんなにやさしい声色を作っていても怒っている発声をするし、だまそうとしている人はどんなに親身になっているふりをしていてもだます発声をする。

ルルはそういうのを察するのが得意だ。

この人の声には、言葉との乖離《かいり》がない。きちんと思っていることを話している。

そういう人は信用できる。

「沈み…ました…」

「そうらしいね。まだまだ先だと思っていたから、各国の研究者はだれも見ていなくて。空から定点カメラでヒノモトを撮るのも、ほら、禁止されているから」

「禁止？」

どうして？

「空域までがヒノモトの領土で、鎖国をしている以上、諸外国に監視される筋合いはない、とかだったかな？　まあね、取引をしていないところは、正直なところ、ヒノモトには興味がないから。うまみがない、っていうのかな？　なんの恩恵も受けていないし、関心もない。これまでずっと無視しておいて、沈むから助けろ、っていうのもね、なんて声も聞くよ。それでも、やっぱり、国が沈むとなると、どこも手を差し伸べるよね。うちも、かなり先だけど数百人ほど引き受けることになっていて、ぼくはそれをとても心待ちにしていた。ヒノモトの民に会える、って。でも、その人たちにしてみれば、心待ちっていうのも失礼かな。何もなければ、ずっと自分の国で暮らせたんだもんね。ぼくだって、この国が沈むから逃げなさい、って言われたら、え？　って戸惑うし、いやだと思う」

彼は沈痛な表情を浮かべている。

本当に信用できる。

ここまで、他人の身になった考え方ができるなんて。

「あ、そうそう、カメラの話だったね」

そうだったかな？　あ、そうかもしれない。

ヤマト言葉を聞くのが嬉しすぎて、なんでもいいからしゃべってほしい、と願ってしまう。

「ヒノモトを撮るのは禁止されているから、デジマに行った人たちの証言とか、あとは昔の映像かな、まだ鎖国する前の、そういうものでしかヒノモトのことはわかっていないんだけど、とてもきれいな国だよね」

「そうなんです！」

思わず、力をこめて言ってしまった。

「だよね。黒髪、黒い目の住民というのにもあこがれていてね。うちもヒノモトと取引をしないかな、と思ってたんだけど、おたがいに必要なものがちがっていてだめだった。取引できるなら、ぼくが出向いたのに」

「え、ヒノモトにですか？」

「そう、ヒノモトに。ねえ、ヤマト言葉ってこれであってるのかな？」

「あってます！」

ますます、力をこめて言う。

「だって、全部わかりますから！」

「ああ、そうなんだね」

彼は一瞬、くしゃりと顔をゆがめてから、すぐに笑顔になった。

「もしかしたら、って途中から思ってたんだけど、きみ、ヒノモトの民なんだね。こういうときは、なんて言ったらいいんだろう」

彼は何かをつぶやいた。それは、この国の言葉だろう。

それでも、とても温かいものが流れてくる。

「お気の毒に…、ちがうな、つらい目に…、これもちがう。そうだ、こうしよう。あ、ごめんね。ずっと持ったままだった。きみがあまりにも軽いから、忘れてた」

そうだ。

ルルはずっと吊りあげられていて、それで、おなじぐらいの目線になっていた。

彼はそっとルルを降ろして、真っ白な手袋を脱いで、その手を差し出した。

その手袋はとても厚くて、あれならルルの攻撃が効かなかったのは当たり前だ。

「この国へようこそ、ヒノモトの民。ぼくは、メイソン・ローラン・ウォールデン。ここローラン国の第一王子だよ。だから、もう大丈夫。安心して。怖い目にはあわせないから」

涙が、ぽつん、とこぼれた。それはすぐに大粒となり、ルルの頬《ほほ》を濡らしつづける。

こんなにやさしい言葉をかけてもらえるなんて。

こんなに歓迎されるなんて。

想像してもいなかった。

「俺…っ…、いっぱい…盗んだりとか…っ…そんな…ことを…っ…言って…もらえる…ような…っ…」

「それは大丈夫。きみの立場だったら、ぼくだってそうするよ。だから、ぼくと一緒にお城に行こう。話を聞かせてほしい。ヒノモトのこと。きみのこと。名前はなんて言うの？」

「ルル…です…っ…」

だれかにつけられたわけじゃない。最初につけられた名前は捨ててしまった。

あなたは小さいころ、ルルル〜、ってよく歌っていたのよ。

養護施設の先生が機嫌がいいときに話してくれた、それが忘れられずにそこから取った。

自分でつけた名前。

とても気に入っている。

「ルルか。かわいい名前だね」

「ありがとう…」

視界がゆがむ。目が回る。

おかしい。立っていられない。

「ルル？」

「あの…、俺…」

こんなふうになったことがない。

怖い。

「なにか…おかしい…」

ふらり、と体が揺れた。

ふらり、ふらり、と左右だか前後だかに動いてしまう。自分でもどうなっているのかわからない。まっすぐ立てない。

「大丈夫⁉」

その声が遠い。

とても遠い。

「大丈夫じゃ…」

ありません。

その言葉すら出なくなった。

「ルル！」

叫び声と背中に当てられた手。

その温《ぬく》もりと同時に世界が消えた。

真っ暗に。

2

ざわざわと音がする。ルルは夢うつつで、その音を聞いている。

起きないと、仕事に遅刻する…。でも、この心地よさにひたっていたい…。

「ルル」

呼ばれて、しぶしぶと目を覚ました。

わかってるよ。ちゃんと起きるってば。

ルルはぼんやりと目を開けた。この年代特有のものなのか、それとも、働きすぎているのか、最近いつも眠い。

早起きはそんなに苦にならなかったのに、布団の中でごろごろする時間が長くなった。

今日はなんの仕事だっけ？　清掃だったか、荷出しだったか、事務だったか。体を動かしている方が早く時間が過ぎるので荷出しが一番好きだけれど、どんな仕事でももらえるだけありがたい。一週間、休む日はまったくない。

起きて、仕事をして、帰って、寝る。

それでも、職場で一緒になる人とは話すし、たまに早く仕事が終わったあとでごはんに連れていってもらったりもする。

最初は遠巻きに見ていた人たちが声をかけてくれるのは嬉しい。

目以外は普通なんだな。

そういうことを言ってもらえるのも。

「はい、起きました…」

むくり、と体を起こしてから、あれ？　と思った。

ルルの部屋に、いったいだれがいるんだろう。職場で話をしてくれる人も、うちに来たりはしない。

ぱちり、と目を開けると、見たこともない部屋。

「え！」

何ここ！　どこ！

少し離れた場所に立っていた女性二人が何かを言っている。その、何かがまったくわからない。

どうして…。

そこで、すべての記憶がよみがえった。

そうだ。ここはヒノモトじゃない。自分の部屋でもない。

船が寄港した国。ルルが船から逃げ出した場所。

たしか、えーっと…。

「ローラン国！」

たしか、あの男が言っていた。名前は…。

「ローダンだったかな？」

ローダン・ローラン？　語呂《ごろ》がいいね。あと、もうひとつあったような。

「メイソン…」

ああ、そうそう、メイソンだった。

ローダンは鎖国していなかったころにヒノモトにあった小売所《こうりじょ》の名前だ。ルルが生まれたころにはなくなっていたけれど、清掃を一緒にしている老齢の男性が、よくなつかしそうに口にしていた。

「メイソン…」

メイソンは聞きとれる。それ以外はまったく無理。メイソンがどうしたのか、まるでわからない。

ルルは女性二人を見た。一人は金髪のボブカットでブルーグレーの目をしている。もう一人はそれより薄い金色の長い髪をひとつにまとめていて、薄い茶色の目。

この二人だけでも、こんなに容姿がちがう。

そのことが、とてもほっとする。

ルルのような目をしていても奇異に思われなさそうだ。

「…メイソン…」

そう言うと、ぺこりとおじぎをしてから、一人が出ていった。

たぶん、メイソンに知らせるのだろう。だって、だれとも話が通じない。メイソンしかルルと会話ができない。

きっと、彼女たちも困ってる。

「あの…」

そう声をかけてみて、ぐっと口をつぐんだ。

いや、待って。

言葉は伝わらなくても、感情は伝えられる。

それは、この国での経験でわかっている。

「ありがとうございます」

すべての想いをこめて、頭を下げた。

ルルが目を覚ますまで、ここにいてくれたのだ。何度か声をかけてくれてもいたのだろう。ルル、と聞こえたやさしい声は、彼女たちのものにちがいない。

にこりと笑いながら、残った女性もおじぎをする。

通じたのかな。そうだといいな。

ルルは少し落ち着いて、部屋の中を見回した。とにかく広い。ルルが住んでいた古い長屋がすべて入るんじゃないだろうか。

　ベッドなどの海外の家具はヒノモトにもある。昔、まだ鎖国をしていなかったころに入ってきて、便利なものはすべて残った。外来種の作物などもヒノモトで栽培しやすいように品種改良して作っているし、それが無理なものは輸入もしている。ただ鎖国をして長いので、ヒノモト独自に変化していったものもたくさんあると聞いた。

　ベッドはおんなじように見える。ただし、ベッドは高いので、養護施設を出てからはルルは使ったことがない。薄い布団を使っていた。畳《たた》めば部屋を広く使えるし、とても便利だ。

　このベッドはものすごく大きい。ルルが五人ぐらい寝られそうだ。こんなに広くてどうするんだろう。どれだけ寝相が悪くても落ちそうにない。敷布団も掛け布団もふかふか。肌触りがいい。

　家具は背の低いタンスがいくつか、その上にはかわいい小物が飾ってある。清掃業をしていた身としては、ホコリを取るのが大変だろうな、と思ってしまう。装飾品が置いてあるところは時間がかかった。

　大きなテレビとパソコン、その隣には音楽を聞く道具だろうか？　あれはヒノモトでは見たことがない。ほかにも機械がいくつかあるけれど、用途のわからないものばかり。

　世界は広いな。

　ドアが三つほどある。ひとつは女性が出て行ったところだから外に出るためのもので、あとふたつはなんだろう。

言葉が話せたら聞けるのに。

女性が声をかけてきた。ルルは首を横に振る。

わからない。

本当にまったくわからない。

メイソンが来たら、言葉を教えてほしい、と頼もう。この国で生きていくためには絶対に必要だ。

女性がとことこと近づいてきて、どうぞ、という感じでルルにペットボトルを差し出した。透明なので、たぶん水だ。

飲んだ方がいいわよ。

そんな言葉が聞こえる気がする。

ああ、喉が渇いたかどうかを聞いてくれていたのか。どのぐらい眠っていたのかわからないけれど、たしかに喉はカラカラだ。

ルルはありがとう、と口にしてから、ペットボトルの蓋を開けて、水を口に含んだ。

あ、おいしい。

喉を潤すように、ごくごくと半分ぐらい一気に飲んだ。女性はパチパチと手をたたいて喜んでくれている。

話せたらいいのに。

痛切にそう思う。

いまの感謝の気持ちを、笑顔やおじぎでなく、きちんと言葉で伝えたい。

コンコンと部屋のドアがノックされた。さっきの女性が戻ってきたのだろうか。

「ルル、起きたんだって？」

そこには待ち望んでいた人。ルルの知る限り、ヤマト言葉を話せる、この国でただ一人の人物。

ルルはベッドから降りて、メイソンに飛びついた。

「おや、大歓迎だね」

「俺、この国の言葉を話したい！」

「うん、その方がいいと思うよ。これからはこの国で暮らすんだよね？」

「そのつもりだけど…、いいのかな？」

そんなに簡単に住めるもの？

あ、そうだ、つい…。

「ごめんなさい！　タメ口でしゃべってました」

ルルはメイソンから離れる。メイソンはルルの髪をぐしゃりとなでると、あそこに座ろう、とソファセットを指さした。ルルはうなずいて、メイソンと向かい合って座る。

このソファもふかふか。こんなに座り心地のいいの、はじめてだ。

「その方がいい。敬語は少しむずかしいんだよ。ルルはヒノモトに生まれて、ヒノモトで過ごしてきたから、目上の人にはそう話すのが当然だと思ってるだろうけど、もともと、ヤマト言葉って本当に複雑で、その上に敬語まであって、語形が完全に変わってしまったりするから、できれば普段の言葉で話してほしい」

なるほど。そういうものなのか。

「じゃあ、そうしま…そうする」

ルルも敬語じゃない方が楽だ。ヒノモトでも、そんなに敬語は使っていなかった。職場の仲間とはどれだけ年齢差があっても普通に話していた。なめられてたまるか、という気持ちがあったのかもしれない。

「あ、そうそう。ルルが気絶している間にお風呂に入れて、着替えさせたけど平気かな？」

「もちろんです！　あ、もちろん！　ありがとう」

「いちいち訂正しなくても。たまに敬語が混ざってても平気だよ」

メイソンがくすくす笑ってる。

「すみません。そのうち直ると思う」

自分でも敬語と普通の言葉が混ざって、おかしな感じだ。早く直そう。

「髪はきれいな黒なんだね」

髪！

ルルは慌てて、自分の髪を触った。ホコリやいろいろなもので覆われていたのが、もとに戻っている。

これだとヒノモトの住民だって…もう、ばれてるんだった。

「見てみる？」

メイソンが立ち上がって、飾り棚に置いてある鏡を取ってくれた。はい、と渡される。

そこに映ったのは、よく知っている自分の顔。

髪はかなり伸びていた。肩ぐらいまでの長さになっていて、さらさらストレートなのは変わらない。このせいで女の子みたいだとよくからかわれていた。それがいやで、一時期、丸坊主にしたこともある。伸びていくときにチクチクするし、手入れもめんどうだし、短いときはぺたっとしてボリュームがなく見えるし、セットしないと貧相だし、ある程度長くしておいた方がいいと知った。でも、ここまで長いのははじめてだ。前髪も伸びて、横わけになっている。

うん、ますます女の子みたい。

顔はとても小さい。目は色のちがいが目立つけれど、アーモンド形できれいだと思っている。目が黒かったら、美少年だと言われたんじゃないだろうか。それはもう、一生わからない。鼻は少しぺちゃんこ。メイソンに比べたら、かなり低い。ヒノモトではこれが普通だったから、人種のちがいだろう。唇は色が薄い。職場でする健康診断では毎回、貧血気味だと言われていたので、そのせいらしい。

頬に肉がついてないので、とても貧相に見える。いや、見えるんじゃない。貧相なのだ。

体もとにかく細い。メイソンが片手で持ちあげられるぐらいの体重しかない。

手も足もよぶんな肉は一切ついていない。体重は健康診断のときにしか測っていないけれど、身長からしたらかなり軽い。要注意と、これもまた毎回言われていた。

それでも、食事に使うお金がもったいなくて、まともに食べない。値段を気にせずに食べるのは、ごはんをおごってもらえるときぐらいだろうか。それでも人並みぐらい。

「黒髪なのを隠してたんだね」

「はい」

見つからないように。だれにもヒノモトの住民だってばれないように。

「俺、密航者なんです。だから…、あの…」

この国に置いてもらえる資格なんてない。

そして、どうして、こんなことを言ってしまったんだろう。黙っていてもばれないのに。

「密航者？」

「船にこっそり乗って、ここで給油しているときに降りてきました…きたんだ…、えっと…」

敬語というか丁寧語なんだけど、この説明をするときはどうしてもそうなってしまう。だって、悪いことを告白してるんだから。

「話したいように話していいよ。わからなかったら聞くから」

「うん、わかった。そうするね」

あ、普通に話せた。メイソンがやさしく励ましてくれると落ち着くみたい。

こんなこと、いままでなかった。それなりに親しく話す人にも、ある程度の距離は置いていた。

生まれてすぐに捨てられた、そんな自分を守れるのは自分しかいない。

そうやって、殻《から》に閉じこもっていた。

たぶん、いまも閉じこもっている。

それなのに、なぜ。

「ヒノモトを出る船は三種類あって、お金持ちが乗る船、普通の人が乗る船、お金のない人が乗る無料の船。俺は無料の船の予定だったんだ。お金がないから」

「そんなふうにわかれてるんだ。だれもが好きなときに好きなところに行けるとよかったのにね」

「それだと、政府の財源が大変だから」

ヒノモトの民すべての渡航の代金を出すとなると、莫大《ばくだい》なお金になる。もともと、ヒノモトは財政難を抱えていた。鎖国をといて観光客を受け入れた方がいいんじゃないか、という意見はいつも出ていた。

結局、最後まで鎖国をとかないまま、ヒノモトは沈んでしまった。

「まあ、そうだね。うちも全国民の分を出せるかとなると、うーん、ってなるかな。でも、船だからお金も時間もかかるんであって、飛行機にすればよくない？　それだと、安いし早いよ」

まるで、どこかの牛丼屋さんみたいだな、とくすりと笑ってしまう。

「え、ぼく、何かおかしなこと言った？」

「ううん、ヒノモトにはそういうお店があるんだ。安くて早くてうまい。それを思い出した」

「それは、とてもいいお店だね」

メイソンが微笑《ほほえ》んだ。

わ、と思った。

この人、本当にきれいな顔をしている。そうやって笑うと、端整さが際立つ。

ルルが思わず、見とれてしまうほど。

「うん、いいお店」

給料日前でお金がないときにはとてもお世話になった。

「そのお店とおなじぐらい飛行機も便利なんだけどね。飛行機は選択肢になかったの？」

「飛行機の発着場は国に一か所しかなくて」

「デジマだね！」

メイソンの声が弾《はず》む。

そういえば、行きたかった、と言っていた。あこがれの都市なんだろう。

「そう。デジマ。デジマは一般の国民が行けないところだから飛行機の選択肢はもとからない。あとは船のがたくさん人が乗れるから、とかもあったみたい」

「ああ、なるほど。乗客数は船のが圧倒的に多いもんね。たしかに、そういう意味だと船か。周りを海に囲まれているのもあって、船の発着場はデジマ以外にもあるだろうし」

「波止場《はとば》」

「波止場？」

「船が出入りする場所を波止場っていうの」

「波止場！」

メイソンが近くにあったメモ用紙をたぐり寄せて、はとば、とひらがなで書いた。そのあとに見たこともない文字で何かを書いている。きっと、この国の文字だ。

あれを読めるようになりたい。書けるようになりたい。話せるようになりたい。

「ひらがなは書けるんだね」

「漢字は読めるけど、書くのはむずかしくてね。書いてくれる？」

メモを渡されて、ルルは、波止場、と書いた。

「なるほど。波を止める場、で、はとば、か。ヤマト言葉って、こういうところがすてきなんだよね」

すごい。ちゃんと漢字の意味がわかっている。

そんなことを言えるメイソンがすてきだ、と言いたかったけれど、なんとなく気恥ずかしい。

そこに、コンコン、とまたノックの音。

だれだろう。

「あ、ごはんがきたよ。ヒノモトが恋しいかと思って、用意してみたんだ。どうぞ」

さっき、メイソンを呼びにいった女性がワゴンを押して入ってくる。

まず、白米の匂いがした。炊《た》きたてのごはんはとてもいい香りがする。しばらくかいでいない、その香りに、ルルの体が反応した。

グ――――――――――！

「すごい音！」

メイソンが手をたたいて笑っている。

「おなか空いてるよね。果物を食べる前につかまえちゃったし」

「あ！　俺、あの…、いろいろ盗んで…、たぶん、あのあたりでは噂になってるから知ってると思うけど…」

どうしよう。消えてなくなりたい。

こんなに親切にしてもらっているのに、たくさんの犯罪をしてきた、と告白しなければならないなんて。

「気絶する前もそれを気にしていたね」

そうだったっけ？　話したことすら忘れていた。

「理由はわかっているから大丈夫。この国のお金も持ってなくて、言葉も知らなくて、ヒノモトの民だって知られたくなくて隠れてたなら、盗む以外に食料を調達する方法はないもんね。ぼくが損害を賠償《ばいしょう》しておいたから、気にしないで」

「どうして…」

そんなに親切にしてくれるのだろう。

ぽつり、と涙がこぼれた。ぽつん、ぽつん、と涙の粒が手のひらに落ちる。メイソンが立ち上がって、ルルの隣にきた。髪をなでて、頬をぬぐってくれる。

「国が沈んでしまうなんて、この世のだれも経験したことがない。そんな国の人にできるだけのことをしたい、と思うのは当然だし、ぼくはヒノモトにあこがれて研究をしているからよけいに、というのもある。あと、ルルはかわいいから」

「かわいい？」

バケモノみたい、とよく言われてきた。

目の色が左右ちがう。それも片方すら真っ黒じゃない。ヒノモトの民ではない何か。バケモノ。

子供のころから言われすぎて、それに慣れていた。

その目さえなければな。

職場で目をかけてくれている人でも、少し恐怖の表情を浮かべて、そう言っていた。

自分はバケモノなんだ、と思いつづけてきた。

こんな目いらない、と突発的に持っているものを目に突きたてようとしたこともある。目が見えなくなるのは困る、とすぐに冷静にならなければ、失明していただろう。

それなのに、かわいい？

「この目が…」

「ああ、オッドアイ」

オッドアイ？

「ルルみたいに左右の目の色がちがうことをオッドアイって言うんだよ」

「え、俺みたいな目の人って…」

ほかにもいるの？

「たまにいるよ。もちろん、めずらしいんだけどね。あれ、知らなかった？」

「ヒノモトにはだれも…」

いなかった。だから、バケモノ呼ばわりされていた。

「そうなんだ。でも、その目もとてもきれいだから、ルルは人気者だっただろうね」

「全然。俺は…」

自分では言いたくない。バケモノと呼ばれてたなんて、なぜか、メイソンに知られたくないと思った。

この目をきれいと言ってくれた、はじめての人。

その人には、ずっとそう思っていてほしい。

「あの…ごはんを食べていいかな」

目の話はしたくない。この目は普通ではないけれど、ヒノモト以外ではこういう人もいると知ったらほっとした。

それだけでいい。

「ああ、そうだ！　ルルはおなかが空いてるんだもんね。ちょっと待ってね。用意してもらうから」

メイソンがワゴンを運んできてくれた女性に何か声をかける。それはやっぱり聞きとれない。とても残念だ。

女性はうなずいて、ルルの前に銀色のお盆を置いた。

「これは！」

ルルはびっくりして、メイソンを見る。

「全部、ヒノモトの食事！」

ごはんだけじゃない。すべて、ヒノモトのもの。

「あ、本当に？　よかった」

メイソンがほっとしている。

「デジマで売ってるんだよ。ヒノモトのお土産《みやげ》として。ものめずらしいから買っていく人も多くて、ぼくも知り合いが行くときに、売っているものをすべて買ってきて、って頼んで、それを保存していたんだけど。役に立ってよかった」

お盆の上には、ごはん、お味噌汁、卵焼き、明太子、海苔《のり》、鮭の焼いたもの。ヒノモトでのよくある朝食だ。

ルルは朝からこんなにたくさん用意できないし、だいたいはごはんを炊いておにぎりにしておいて、それを冷凍してひとつずつ食べる、みたいな食生活だった。ここまで豪華な食事はひさしぶりに見る。

「メイソンは食べたことある？」

ぐぐー、っとルルのおなかが急《せ》かした。

「いいよ。食べなさい」

メイソンがくすくす笑っている。メイソンが笑っているとほっとするのは、どうしてだろう。

「食事は冷めないうちがおいしいからね」

「いただきます」

ルルは両手をあわせた。

「何それ！」

メイソンが興奮している。

「え、食事前にしない…？」

「ぼくらが祈りをささげるようなもの？」

「祈りをささげる？」

食事前にそんなことをするんだ？　なんか大変そう。

「こう手を握って…」

メイソンが実際にやってくれた。指を組み合わせて、手を握っている。

「全員で目を閉じて、その中の当事者…当番の人かな？　その人が、今日も食事をありがとうございます、って内容の祈りをしてから食べ始める。それとおんなじ？」

「おんなじようなものだと思う。今日の食事をいただきます、ってことだから。いただく、って、食べるの…、えーっと…」

謙譲語《けんじょうご》であってるかな？　まちがっていたら困るから、にごしておこう。

「丁寧な言い方」

「へえ！　ルルといると勉強になることばかりだね」

さっそく、またメモ用紙に書きつけている。

「あ、食べて。ごめんね、邪魔ばかりして」

「大丈夫。俺こそ、こんなに豪華な食事を用意してくれてありがとう。いただきます」

もう一度、心を込めて。

まずは何から食べよう。やっぱり、ごはんかな。

白いお米が食べたい、とずっと思っていた。船の中で食べたのが最後で、船を降りるときは日持ちがして軽いパンをたくさん盗ってきた。パンは高級品だから、という理由もある。

しばらくして、そのことをとても後悔した。

よその国にはないんだから、重くてもお米にしておけばよかった、と。

それが、いま目の前にある。見た目はつやつやで、お米が一粒ずつ立っていた。炊きたてのいい香りがする。

それを、まずひとくち。

「んー…っ…！」

声にならない。おいしすぎる！

「どう？」

「おいしい！　ヒノモトで食べてたのとおなじぐらいおいしい！」

「そうなんだ。よかった。ほら、ぼく、実物は食べたことがないから、こうやって調理します、っていうのを読みながらやってたんだよね」

「え、メイソンが作ってくれたの？」

「これはちがうよ。最初にこういった食材が入ってきたときに、まずは自分でやってみよう、と。そのあとはコックたちに任せてる。みんな、ぼくの指導で作れるようになったから、安心して任せられるんだよ」

「へー、そうなんだ。すごいね」

食べたことのないものを作れるなんて。

「メイソンは毎日こういう食事をしてるの？」

「まさか。毎日食べてたら、備蓄《びちく》分はとっくにないよ。何かとてもいいことがあったときに作ってもらう。ぼく、ヒノモトの食事がとても気に入ってるんだ。調べたら、健康にいいものがたくさんある。お味噌とか、今日は出してないけど納豆とか、大豆の発酵食品が体にいいって言うよね」

「すごい。本当によく知ってる」

「だから、研究家なんだってば。これでも、ヒノモト研究の第一人者だよ」

「え、ヒノモトの研究って、そんなにたくさんの人がしてるの？」

まさかね。小さな島国だし、そんな変わったところもない。そのうち沈むということがわかるまでは、ごくごく普通に過ごしてきた。

「してる、してる。この世界でただ一国だけだから、鎖国してるのなんて。どうやって生活しているんだろう、とか、すごく興味を持たれてるよ」

「そうなんだ！」

そうか、鎖国していたことで逆に興味を持たれているんだ。

「ヒノモトはいろいろなものが独特で、食といい、あとは言葉もヒノモトの民しか話さないし、黒い髪で黒い目とかもそう。世界でただひとつのものが多い神秘の国というイメージなんだよね。あこがれる人はとてもあこがれるし、興味がない人はまったく興味がない、というか、社会史で、鎖国、という言葉を学ぶためだけにある、みたいな立ち位置かな。あとは地質学？ぼくも詳しくはないんで、なんの学問かははっきりとは言えないんだけど、地球の変化を研究している人たちは前から注目していたみたい。あそこはもしかしたら沈むのかもしれない、って。まさか、こんなに早く沈むとは思っていなかったけれど、本当に沈んだことがわかってからは、なおさらヒノモトの神秘性が増している。ぼくに、ヒノモトのことを教えてほしい、と連絡がたくさん来てるよ。ぼくはルルを縛りつけておきたいなんて思わないし、言葉を覚えたり、この国のことを知ったりしたら、ルルの自由にしてくれていいんだけど、これだけは覚えておいて」

メイソンが真剣な表情になった。

「ヒノモトの民は高く売れるんだよ。そういったコレクターは全世界にいる。ヒノモトからさらってきた民を動物のように飼っている人も実際にいる。いまはヒノモトの民は世界中に散っているし、ルルみたいになんにも知らないまま外に出されるとだますのも容易だし、ヒノモトがなくなってしまったことでコレクターの熱がもっと上がると思うんだ。だから、気をつけて。本当に本当に気をつけるんだよ。一見いい人に見えても、そうじゃないこともあるからね」

「わかった」

あの噂はやっぱり本当だったんだ。無料の船でよくわからない場所に連れていかれた人たちは元気なんだろうか。

「気をつける」

「何かを盗むときは背後をちゃんと見なさい。ぼくにされたみたいにつかまってしまうからね」

メイソンがくすりと笑う。

「もう盗まないよ」

ルルも笑う。

「うん、やっぱり笑うとかわいい」

メイソンがルルの頬をなでた。

「あ、また食事の邪魔をしてる。ごめんね、本当に。冷静に見えるかもしれないけど、これでも、ヒノモトの民に会えて興奮してるんだ。だから、いろいろ聞いてしまう。ぼくがいない方がいいよね」

「やだ！」

ルルは思わずメイソンの手をつかむ。

いやだ。ここに一人で残されるのはいやだ。だれも何を言っているかわからない状況には戻りたくない。

「邪魔じゃない。メイソンの話を聞きながら食べたい。メイソンと話すのは楽しいし、全然邪魔じゃないからここにいて」

だれかに何かを頼んだのははじめてかもしれない。

すべて自分でやると決めて、そのつもりで生きてきた。ヒノモトだったらできたかもしれないそのことは、外の世界に出るとまったく通用しなかった。

それでも、自分一人でどうにかしたくてがんばってきたけれど、もっと早く、だれかに助けを求めていたらよかった。

いや、でも、メイソンが言ったように悪い人につかまって売られていた可能性だってある。

むしろ、そっちの方がありえそうだ。

がんばっていたから、メイソンに出会えた。

とんでもない出会いだったけれど、ヒノモトの研究をしていてヤマト言葉が話せる人に最初にめぐりあえた。

これからは、人に頼ってもいいのかな。

人っていうか、メイソンだけど。

メイソンに頼っても平気だろうか。

この国の言葉を教えてもらわなければならない。そんな簡単には覚えられない。時間がかかる。

その間、メイソンには迷惑をかけてしまう。

でも、メイソンしかいないのだ。

だから、きちんと頼もう。

「俺はもう帰る国がない。こういうことを言って、メイソンの同情を引くのはとても卑怯だってわかってる。でも、自分の国じゃない場所で生きていかなきゃいけない。俺はとんでもなく傲慢《ごうまん》で、自分の力だけで生きていけると考えていた。だから、金持ち専用の船にこっそり乗り込んで、ここで勝手に降りたんだ。どうにかできる、と思って」

本当に自分のことをわかっていなかった。

「周りの人が一切何を言っているかわからない状況に置かれてはじめて、ああ、自分は何もできないんだ、ってわかった。海外に行くのになんの言葉も覚えようとしなかったことは、ただのバカだよ。俺の考えが甘かった。だけど、とても幸運なことにメイソンに出会って、ヤマト言葉を話してもらって、こうやって連れてきてもらえて、食事もできて。ありがとうございます」

自分でも何を言っているのかよくわからない。

ただ、胸が熱くなる。

そうだ。幸運だったんだ。

メイソンに出会えたことは運がよかった以外のなにものでもない。あのとき、ルルをつかまえたのがメイソン以外だったら、いまごろどうなっていたかもわからない。

ルルは深々と頭を下げた。

「本当にありがとうございます。感謝してます」

しばらく頭を下げつづけてから、体を起こした。やさしい表情で見守ってくれているメイソンの顔を見たら泣きそうになったけど、ぐっと涙をこらえる。

そんなことないよ、とか言わずに、ちゃんと聞いてくれるメイソンを心から尊敬する。

この人はとても心が大きい。

「これからはこの国の言葉を教えてもらって、ちゃんと働いて、盗んだ食料のお金を返して、メイソンにも恩返しをしたい。どうやったら恩返しができるのかわからないけど…」

こんなに広い部屋を与えてくれるようなお金持ちに、いったい、何ができるというのだろう。

「恩返しはヒノモトのことを教えてもらえればいいよ。ぼくの研究が進む。そうだね。ぼくはルルに言葉を教えて、ルルはぼくにヒノモトのことを教えてくれる。これでどう？」

「え、そんなのでいいの？」

「いまこの国ではルルにしかできないことだよ。ルルは幸運だって言ってくれたけど、ぼくだって幸運だった。ルルを最初に見つけられたんだから。ルルの感謝の気持ちはよくわかったから、冷めないうちに食べて」

メイソンがお盆を指さした。

「俺、猫舌なんだ」

「猫舌《ねこじた》！　読んだことしかない言葉を発音してもらえると、とても助かる。ほらね、ルルはきちんと恩返しをしてくれてるよ。そろそろ論文を発表しようかと思っていたんだけど、ルルのおかげでまったくちがう方向性にできそうだ。ありがとう」

「お礼を言わないで！　こっちの方がありがとうなのに！」

ありがとう、なんて言ってもらえるような人間じゃない。

「それは、ルルから見たら、ってだけで、ぼくは本当に感謝しているんだよ。だから、お礼の言葉ぐらい素直に受け取っておきなさい。ありがとう」

「…どういたしまして」

メイソンがそう言うなら、素直に受け取りたい。

「どういたしまして、って言うの？」

「お礼を言われたら、そう返すんだ」

「なるほど、なるほど。ほら、ルルはすごい」

「ヒノモトに生まれたってだけだよ？」

そんなにすごいと言われるものでもない。

「ぼくだって、ただこの国の王位継承者として生まれただけだよ。生まれは選べないからね。ほら、また話しちゃった。だめだね、冷静になれてない」

メイソンが、ポン、と自分の額をたたいた。

「ここにはいるけど、口は出さない。食べて。おいしいよ。…おいしいはずだよ」

「これから食べるのに自信なさそうに言わないで！」

だめだ、おかしくて笑ってしまう。

そうだ。メイソンに会ってから、たくさん笑っている。

それが嬉しい。

すべて、メイソンのおかげ。


「ごちそうさまでした」

ルルは手を合わせた。

「それは食事が終わるときに言うんだ？」

「そう。ごちそうをありがとうございました、なのかな？　よくわからない。研究者でも、そういうのは知らないの？」

　いただきます、にも驚いていた。

「ヒノモトの民と食事した人がいないから。鎖国してなかったのは二百年以上も前のことだし、そのころにヒノモトにいた人はいま生きていないよ」

　それもそうか。

「どうだった？　おいしかった？」

　メイソンが心配そうだ。ルルが何も言わずに食べたからだろう。

　あまりのおいしさに、ガツガツ食べてしまった。ひさしぶりのちゃんとしたごはんで、それもヒノモトの食事。ゆっくり味わおうと思っていたのに無理だった。ごはん、おかず、お味噌汁、ごはん、おかず、お味噌汁、海苔はごはんとは別に食べるのが好きなので、そうやって。気づいたら、全部なくなっていた。

「すっごくおいしかった！　本当にごちそうさまでした。ありがとう」

「よかった…」

　メイソンがほっとしている。

「ところで、海苔ってごはんを巻いて食べるんじゃないの？」

「これは味がついている海苔だから、そのまま食べてもおいしいし、俺はそのまま食べるのが好き。味がついてない海苔は醤油《しょうゆ》をつけて。でも、それもそのまま食べるかな。ごはんと海苔は別々がいい。そこは個人の好みだよ」

あれ、体が熱い。ぽかぽかしている。

ごはんを食べて、元気になったのかな。これまでは体温も低くなっていたのかもしれない。がんばって熱を上げているんだろう。

エネルギー源ってすごいね。

「そうか。やっぱり、その国に住んでいる人に話を聞くとちがうね。ところで、いろいろと質問をしてもいい？」

「どうぞ」

あれ、なんだろう。

…熱い。すごく熱い。

もしかして、風邪でも引いた？

ルルは病気になった記憶がない。健康診断以外で病院にかかったこともない。体が丈夫だったのも、一人で生きていける、と思い込んでしまっていた要因のひとつだ。

貧血などのちょっとした症状はあっても許容範囲内だし、それだけガリガリにしては数値もまともだね、といつも言われていた。

だから、こんなふうに体が熱いのもはじめてで、すごくとまどっている。

首筋を触ってみたけれど、特に熱が出ている感じでもない。そこが熱いというよりも、体の中が熱い。

おなか？　もっと下？

どこが熱いんだろう。

「質問の前にちょっと待ってね。片づけてもらうから」

メイソンの声が遠い。ルルにわからない言葉に切り替わったから、とかじゃなく、すごく遠くから聞こえてくるような…、ちがう、メイソンの声がぼんやりしている。

「あの方たちは…」

あれ？　本当にどうした…？

声を出すのもしんどい。

「ああ、使用人だよ。何か頼みたいことが…、そうか、言葉を話せないんだったね。早急《さっきゅう》にそこから解決しよう。ルル？」

「あの…、俺…、なんか…、変…」

ドン、と体の内側から何かが放たれた。そんな気がする衝撃が襲ってきた。

ルルはソファに倒れ込む。

「ルル？　どうしたの、大丈夫…」

メイソンが心配そうにルルをのぞき込んで、額に触れた。その瞬間、慌てて手を離す。

「オメガ！」

メイソンの声が少しずつはっきりしてきた。さっきまでのような靄《もや》がかかった感じではない。

なんだろう。甘い匂い。

…とても甘くて…誘われる…。

「嘘だよね？　ルル、オメガなの？　全然わかんなかった…やばい、ヒート…」

オメガ？　ヒート？

さっきから、いったい何を言ってるんだろう。こっちの国の言葉かな？　だったら、わからなくてもしょうがない。

「ちょっと、ぼくは部屋を…ルル！」

ルルは起き上がって、メイソンにしがみついた。

甘いものが食べたい。甘いものがほしい。甘いものが足りない。

全然、足りない。

「離して…、ぼくはアルファなんだよ！」

「アルファ…？」

もしかして、アルファとかオメガって数学に使うやつ？　中学校は行ってないけど、聞いたことはある。

それがルルとなんの関係があるんだろう。

「このままだと…おたがいに困ることに…」

「甘い…」

ルルはメイソンの手を舐《な》めた。

うん、甘い。

「ホントに…やめよう…？　ぼくは…ルルとは…いい関係でいたい…し…ヒノモトの…ことも…」

メイソンの言葉が途切れ途切れなのは、途中で吐息のようなものがこぼれているから。その吐息すら、甘く感じる。

息が甘いってすごいね。

でも、まずはこの手。

目の前にある手。

「すごく甘い…」

メイソンの指先を口に含んで、ちゅぱちゅぱと吸う。

キャンディーみたいでおいしい。メイソンの肉体を食べたいとは思わないけど、肌の表面にとても魅かれる。

「ルル…だめだって…」

「俺…、甘いものに…飢《う》えてるみたい…」

体の熱はまだある。内側でドクドクと音を立てて渦巻いているみたいに感じられる。

それでも、具合の悪さはなくなった。さっきみたいに、自分がどうなるのか怖い、といった感情もない。

ただ、体が熱いだけ。

そして、メイソンが甘いだけ。

指先を離して、メイソンの体に手を這《は》わせた。

脱がせたい。洋服が邪魔。

メイソンは今日も白い服を着ていた。白いブラウスに白いズボン。体にぴったり沿ったそれは、とてもよく似合っている。

絵本の中にいる王子様みたい。

そういえば、絵本の中の王子様は金髪で青い目をしていた。それは鎖国するよりずっと前にヒノモトに入ってきた本で、図書館でしか読めなかったけれど、外の世界には本当にこういう人がいるのかな、だったら見てみたいな、とあこがれていた。

図書館に行く時間なんてなくなって、すっかり記憶から消え去っていたけれど、メイソンはその絵本の王子様に少し似ている。

かっこよくてやさしいところが、特に。

ブラウスに手を滑らせながら、どんどん上に移動していく。メイソンの体はちゃんと筋肉がついていた。筋肉も贅肉《ぜいにく》もないルルの体とは大違い。

そういうところも甘く感じるのかもしれない。

首筋はしっかりしていて、長めなのがセクシーだ。メイソンは、ルル…、とささやくように呼ぶばかり。ぎゅっと唇を噛《か》んで、眉間《みけん》に皺《しわ》を寄せて、まるで何かに抵抗しているように見える。

ルルはメイソンの唇を触った。メイソンが小さく吐息を漏《も》らす。

それがとても甘そうで。

これまでで一番おいしそうで。

ルルはメイソンの唇に噛みついた。もちろん、軽く。メイソンの体を傷つけたいわけじゃない。

甘くておいしいものを舐めたいだけだ。

うん、おいしい。

もったいないから、ゆっくり食べよう。

ルルはすぐに唇を離す。

「ルル…だめだよっ…」

メイソンの声が低くなった。

「ぼくは…かなりの耐性をつけるように努力して、それに成功して、普通のオメガの誘惑には負けないはずなのに…どうして…」

メイソンはルルの頬を触る。

ビリリッ。

電気が走るような感覚がそこから広がった。

「まさか…初ヒート…？」

「ヒートって…何…？」

メイソンの唇が動いている。あれが食べたい。

「ヒートは…んっ…」

ルルはメイソンの唇に吸いついた。

甘い。甘くて、体が痺《しび》れる。

「ルル…ホントに…っ…」

その甘さがもっと欲しくて、ルルは何度も唇を吸う。ちゅぱ、ちゅぱ、と音が漏れた。

「ルル…っ…！」

メイソンの声が悲鳴に近い。

いったい、どうしたんだろう。メイソンはおいしくないいんだろうか。

こんなに甘いのに。

メイソンが、ぐいっ、とルルの体を離した。大きく深呼吸をして、ルルを見つめる。

「いいか、ルル。うちにはベータの医者がいる。ルルのヒートにまったく影響を受けないし、ヒートが収まる薬もある。だから、ちょっとここで待って…ん…っ…」

メイソンの言っていることはまったくわからないけれど、メイソンからの甘い匂いが少し減ってしまった。

それが残念で、ルルはメイソンの唇を少しだけ強く吸う。

表面だから悪いのかもしれない。中はもっと甘いのかもしれない。

あの甘さが欲しい。

甘いものにはそんなに興味なかったはずなのに、いまは甘さを体が求めている。

するり、と舌を中に入れた。あったかくて、気持ちいい。

そして、思ったとおり、すごく甘い。

「んっ…んっ…」

夢中で舌を動かした。吐息もこぼれる。

メイソンがルルの舌をちろりと舐めてきた。ルルも舐め返す。

舌を擦《こす》り合わせて、離して、また触れて、離して。

甘くて甘くて、その甘さに頭の中が真っ白になる。

「ルルが…悪い…」

唇が離れて、メイソンがそうささやいた。

「我慢したのに…、ルルを傷つけないように…、でも…」

メイソンの目の奥がきらりと光る。これまでにはない輝き。

それに吸い込まれそうになる。

「もう無理だ」

メイソンがルルを抱えあげた。

「ルルが、悪い」

もう一度言われて、ルルはうなずく。

自分が悪くていい。

甘いものが、欲しい。

たくさん、欲しい。

3

ベッドに連れていかれて、そっと横たえられた。ルルが着ていた部屋着のようなものを脱がされて、メイソンも白い上下を脱ぎ捨てる。メイソンの体は適度に筋肉がついていて、とてもきれいだ。

ルルは自分の貧相な体を見下ろした。肉なんてどこにもついてない。手足も細いし、体も細い。最近はほとんど食べていないせいか、もう少しであばらが浮き出そうだ。

健康診断で裸になるのがいやだった。もうちょっと太った方がいいんだけどね、とかならず言われた。細い体はコンプレックスでしかなかった。

でも、いまはなんにも気にならない。

どうしてだろう。

「ごめんね」

メイソンがそう言ってから、ルルの髪をなでた。

「もう止まらないんだ。どうしようもない。さっきはああ言ったけど、ルルが悪いんじゃないよ。そういうものなんだ。だから、ルルが落ち着くまで抱いてあげる」

抱くってなんだろう。これから、何をするんだろう。

でも、怖くはない。メイソンなら大丈夫だと信じている。

だれも信用しなくて、それでもどうにかなってきた。だれかに頼ることは恥だとさえ考えていた。

この国に来て、言葉がまったくわからなくて、一人で生きていくのはむずかしそうで、それでも、だれにも頼りたくなかった。

あのとき、メイソンに会わなかったらどうなっていたんだろう。

メイソンはなぜか信頼できる。ヤマト言葉を話すから、とかじゃない。そんな理由なら、ヒノモトの民すべてを信頼できていた。

この気持ちはいったいなんだろう。

メイソンが覆いかぶさってきて、ルルはその肩に吸いついた。

とっても甘い。

「甘くて、おいしい」

ぽつんとつぶやいたら、メイソンが、うん、とうなずく。

「ルルも甘くておいしい。ぼくたちは、そう感じるようになってる」

「感じる？」

「実際は甘くはないけど、甘く感じる。そして、甘いものにとてつもなく魅かれる。そういう仕組み」

「みんな？」

「みんなじゃない。でも、それはあとから説明してあげる。いまは…」

メイソンが唇を重ねてきた。ちゅっと吸われて、体の中の熱が一気にそこに集中する。

熱い。

熱くて、甘い。

ちゅっ、ちゅっ、と何度か軽く吸われてから、ぬるり、と舌が入ってきた。ルルは夢中でそれに吸いつく。

やわらかい舌が擦れ合って、ルルに快感を送りこむ。

そう、これは快感だ。

性欲なんてまったくなくて、だれともつきあおうとも思わず、たまに自分で処理をするぐらいだった。それすらもめんどくさくて、しばらく放っておいてもっとめんどくさいことになった経験から、ある程度の期間がすぎると義務的にする。でも、楽しいとも気持ちいいとも思ったことがない。

ただただ、めんどくさい。

それなのに、いま、快感を得ている。気持ちいいってこういうことなんだ、と思っている。

どうしたんだろう。

体が変化したわけでもないのに。

メイソンの手がルルの肩に当てられた。それだけで、びくん、と体が跳《は》ねる。その手は肌を滑って、薄いルルの胸にたどりついた。

「あ…っ…」

合わせた唇の間から、そんな声がこぼれる。メイソンが唇を離した。

「何かいやだったり、気持ち悪かったりしたら言って？」

メイソンはこんなときでもやさしい。

「大丈夫…」

甘くて、気持ちよくて、くらくらする。

それだけ。

「そっか。よかった」

メイソンはにこっと笑ってから、ルルの胸を軽く揉《も》んだ。

「ん…ぁ…っ…」

ルルの体が大きくのけぞる。

「お肉がついてないね」

「うん…」

「ここにいる間に、いっぱい食べさせて太らせよう」

「食べるの？」

「もちろん」

「俺を…食べるんだ…」

「ちがうよ！」

　メイソンがふきだした。

「太らせて、ルルを食べるってことだったのか。そうじゃなくて、ルルがいっぱい食べるってこと。さっきみたいなヒノモトの食事を毎回は出せないし、うちにある材料が切れてしまったら二度と作れないけど、もっと高カロリーなものはたくさんあるから、ルルは安心して太ればいいよ」

「太ってた方がいい？」

　甘い匂いが薄れて、ルルの意識がはっきりしてくる。

「ぼくはどっちでもいいけど、もうちょっとお肉がついていた方が安心ではある。ある日突然、消えてしまいそう」

「細すぎて？」

「そう、細すぎて、はかなすぎて、あれ、ヒノモトの民と会った夢を見てたのかな？　って思うぐらい、ぱっといなくなってしまう感じ。でも、ルルはここにいるし、消えてほしくないから、いっぱい食べて」

「いっぱい食べるのは得意じゃないんだ」

「だろうね。いっぱい食べるのが得意だったら、いくらなんでも、ここまで細くはない。食事はきらい？」

「きらいじゃないけど、生きるために食べるだけだったから。そんなにお金もないし、とりあえずおなかを満たすものならなんでもよかった。でも、さっきのごはんはおいしかったよ。ありがとう」

うん、本当においしかった。

「薄れてきた！　いまなら戻れる」

メイソンがふわりと笑う。

「薄れてきた？　何が？」

「ルルの甘み。まだ不安定なんだね、ルル。突然オメガに目覚めたのか、これまで表に出てこなかっただけでオメガではあったのか、それはよくわからないけど、いまなら引き返せる…」

引き返せる？　どうして？

…そんなの、いやだ。

そう思った瞬間、ルルの体の奥から、ぶわっ、と熱のようなものが発せられた。ルルの全身が、それこそ頭のてっぺんからつま先まで、何かであっためられたみたいに熱くなる。

「…こともなかった…」

メイソンががっくりと肩を落とした。

「どうして…引き返したいの…？」

引き返してほしくはない。

どうしてかわからないけど、強くそう思う。

体が熱い。

熱くてたまらない。

「ルルにひどいことをしたくない…けど、しちゃうね、これは。ああ、だめだ…。ぼくの理性が…どこかにいく…」

メイソンが息をついた。それすら甘くて、ルルはメイソンの唇に噛みつく。もちろん、唇を傷つけたりはしない。やわらかく食《は》む程度。

「もう、ルルは…」

メイソンの声が甘い。

「困った子だね」

メイソンがルルの胸を両手で揉んだ。

「はぁ…っ…ん…」

メイソンに触れられた部分に熱が集まる感覚がある。

熱くて、甘くて、気持ちいい。

天国みたい。

まったく肉がない胸でも揉めるんだ、とどこか冷静な部分で考えながら、ルルは体の力を抜いた。

メイソンの好きにしてほしい。

それがルルの望むことでもあるんだろうと思う。

メイソンの指が乳首に触れた。

「ひゃ……っ……！」

ビリッ、とそこに電気が走った。これまでとはちがう、強い快感。

「大丈夫？　大丈夫じゃなくても、やめないよ」

メイソンの目が熱を帯びている。さっきまでとはちょっとちがう雰囲気。野性味が増した、とでもいうのだろうか。

怖いとかは思わない。ただ、変化した、というだけのこと。

メイソンがルルの乳首を、ピン、と弾いた。

「ふぁ…っ…」

「とがってきたね」

メイソンが指で乳首をつまむ。乳首に触れられるたびに、電気が走って体が熱くなっていく。

「ん…っ…ぁ…」

くにくにと指でこねるようにされて、乳首に芯《しん》が入ったみたいに硬くなる。自分で乳首をいじったりしないから、そんなふうになることを今日まで知らなかった。

「見てみる？」

メイソンにうながされて、ルルは自分の胸を見下ろした。薄い胸にピンクの突起《とっき》がふたつ、つん、と上を向いている。

「きれいな乳首だね。ぼく、この形にとがるのが好きなんだ」

メイソンがルルの乳首を横からつついた。

「ひ…っ…ん…」

何をされても快感が押し寄せてくる。

「ほら、四角くとがってるでしょ？　それに、少し大きめ。こういうのに弱いんだ。ルルの乳首はとても好みだよ」

メイソンは乳頭に指を置いて、ゆっくりと回し始めた。くるり、くるり、と乳首が揺れる。

「あぁ…っ…ん…はぁ…っ…」

「いい声。ルルは声もかわいいよね」

そんなにほめてもらっても、どうしていいかわからない。

「メイソンも…っ…かっこいいよ…？」

すべてがかっこいい。

「うん、知ってる」

なんでもないことのようにさらりと受け流されて、言われ慣れてるんだな、と思った。でも、それはそうか。これまで見たことがないぐらいかっこいいんだし。

「舐めちゃおう」

メイソンが顔を近づけて、ルルの右の乳首を、ちゅっ、と吸った。

「はぅ…っ…！」

指とはちがうやわらかい感触に、ルルは、びくん、と体を跳ねさせる。ちゅぱ、ちゅぱ、と音をさせて吸われて、反対側の乳首は指で上下に撫《な》でられた。

体が、びくびくっ、と震えて、何度も跳ねる。

「ほら、見て。もっととがったよ」

メイソンが唇を離した。唾液がついたそこはぬるりとしていて、それがとてもいやらしく見える。そして、メイソンの言うとおり、さっきよりももっととがっていた。乳輪もぷくんとふくらんでいる。

こんなふうになるんだ。

自分の体なのに知らないことが多すぎて、びっくりする。

「反対側も舐めてあげないとね」

今度は左の乳首。さっきとはちがって、乳首の根元を甘噛みされながら、舌で乳頭をこすられる。

「ふぇ…っ…あっ…あぁ…っ…」

さっきまで舐められていた乳首はつまんでは離され、またつまんでは離される。乳首がふるふると震えていて、やっぱりいやらしい。

それなのに目が離せない。

メイソンが何をするのか見ていたい。

「あん…っ…あぁ…ん…ひっ…」

メイソンが乳首に何かするたびに、甘い声がこぼれた。

「乳首でイケる？」

「わかんな…っ…」

「イッたことは？」

「ない…っ…」

こんな目的で触ることすらないのに。

「じゃあ、無理かな。二回目以降のお楽しみでもいいか。まずは、ルルの熱をなだめてあげないとね」

メイソンの手がルルの体を滑って、足を開いた。そのまま太腿《ふともも》を撫で上げて、もっと奥へ入っていく。

そこは…。

メイソンの指がルルの蕾《つぼみ》をつついた。

「…っ…！」

声が出せないほどの快感が、一気に体を駆け抜けていく。

これは…何…？

「ヒート中は、ここは受け入れる場所になっている。やわらかくて、内部は濡れていて、何か入れても痛みもない。だから、そんなに怯《おび》えなくていいよ」

「怯えてなんか…」

びっくりはしたけど、怯えてはいない。

「じゃあ、驚いたのかな？」

ルルは、こくこく、とうなずいた。

「そういえば、はじめてのヒートなんだよね」

ヒートが何かはわからないけれど、こんなふうになったのははじめてだ。だから、またうなずく。

「それを知ってしまうと罪悪感を覚えるけど、同時に、ものすごく興奮してしまう。アルファのやっかいな性《さが》だ。困ったものだよ」

メイソンがふわりと笑った。

「ルルをいっぱい抱いて、ぼくじゃないと満足できないようにしたくなる。ヒートになったら、ぼくじゃなくてもだれでもいいんだけど、それでも、ぼくでしかだめにしたくなる。アルファって、案外、独占欲が強いものなのかもしれないね。そういえば、欲望のままにオメガとセックスするなんて、とてもひさしぶりだ。オメガをなるべく避《さ》けていたからね」

　メイソンが目を細める。

「でも、ルルならいいかな」

「言ってることが…よく…」

「わからないか。あとから、ちゃんと説明してあげる。あれ、またちょっと弱まった。もしかしたら…、いや、だめだ」

　メイソンが話しているうちに、ルルの体の奥から熱が放射されるような感覚が襲ってきた。

「ぼくが、大丈夫かな、と思うと、ルルの甘い匂いが強くなる。不安定なオメガって、本当にやっかいで、でも、とても魅惑《みわく》的だね。はじめて出会ったよ、こんなオメガ」

　メイソンの指がルルの中に入ってきた。

「ひゃぁ…っ…ん…！」

　ぬぷん、となんの抵抗もなくメイソンの指が進んでいき、ルルの内部はそれを当たり前のように受け入れる。

「うわ、熱くてうねうねしてる。そうだ。オメガってこういうのだった。とても気持ちいいよ」

「俺も…っ…気持ちいい…っ…」

体の熱をどうにかしたい。メイソンなら、きっとどうにかしてくれる。

「よかった。気持ちいいのはわかってるけど、そう言ってくれると嬉しい」

メイソンの笑顔に安心する。

この人なら大丈夫。

何度も、そう思う。

ルルにとってはそんな感情ははじめてだ。だれも信用してなかったし、安心なんてできたことがなかった。

メイソンなんて、今日会ったばかりなのに。

どうしてだろう。

あれ、今日なのかな？　昨日なのかな？

どのくらい眠っていたのか、よくわからない。

「ねえ…」

「ん？」

メイソンがルルを見つめた。どくん、と心臓が跳ねる。

これもまた、どうして？

「俺、どのくらい眠ってた？」

「数時間かな」

「そうなんだ。じゃあ、今日出会って、こんなことになってるんだね」

それでも、いやだという気持ちはない。

それが自分でもやっぱり不思議。

「あのときもオメガだって気づかなかったんだよね。普通はわかるはずなのに。そういうのもまた、おもしろい。ところで、つづきをしてもいい？」

「あ、どうぞ」

その自分の返事におかしくなって、ルルはぷっとふきだした。

「どうしたの？」

「ん、こういうことをされてるときに言うことじゃないのかな、って。でも、うん、どうぞ」

とにかく、熱をどうにかしてほしい。話したりしていると少し薄れるそれは、でも、すぐに戻ってくる。

どんどん体が熱くなってきている。

「じゃあ、遠慮なく」

メイソンがルルの中にある指を、ぐっと奥まで差し入れた。

「ひ…ぁ…っ…！」

ルルの体が大きくのけぞる。

体は、びくん、となる。

「うん、すごく濡れてる。動かしやすいし、気持ちいい。中をいろいろ触るからね」

メイソンはその宣言どおり、ルルの内壁《ないへき》のいろんな場所を指で擦った。そうされるたびに、

「ん…っ…ふぁ…っ…」

はじめてそんなところを触られるのに、気持ちいい。快感だけが送りこまれてくる。

メイソンの指がまた動いて、くちゅん、と音がこぼれた。

ああ、本当に濡れてるんだ、と思う。

「はぁ…っ…ん…あっ…あっ…ひ…っ…！」

唐突にすごい快感が襲ってきた。体もだけど、内壁が、びくびくっ、と震えている。

「ここか」

メイソンが満足そうな顔になった。

「な…に…？」

「ルルの一番いいところ。ここに触れるとね…」

メイソンがまたおなじ場所を指で押さえる。

「だめ…っ…！」

「濡れてるね」

「そ…なの…？」

下腹部に熱が集まってきた。これは…まずい。

「何がだめなの？」

メイソンの指は動かない。おなじところを指の腹で擦りつづける。

「ん…っ…んぁ…っ…やっ…だめっ…あっ…」

内壁の収縮が強くなった。

…本当に…これは…。

「メイソン…やめ…っ…あっ…あぁっ…やだっ…」

「大丈夫。素直に快感に従えばいいんだよ」

ぐっと強く押されて、そのまま指を上下に動かされる。とろり、と入り口から何かが滴《したた》った。

「だめ…だめ…っ…あっ…あぁぁぁ…っ…！」

ルルのペニスから欲望の証《あかし》がこぼれる。体が跳ねて、そのまま沈んだ。

ふわふわした感覚がルルを包み込んでいる。

眠い。けだるい。

自分でするときは一回で十分だった。この眠さとけだるさもきらいで、どうしてこんなことをしなきゃいけないんだろう、といやな気持ちになるだけだった。

なのにいまは、眠くてけだるいのに、まだ熱がある。

体の熱がどこにも去ってくれていない。

こんなこともはじめてで、ものすごくとまどう。

自分の体がどうなっているのかわからない。

「うん、よかった。ちゃんと気持ちいいんだね。これで安心して、ぼくが好きなようにできる。中でイケるなら大丈夫。イキ方がわからないと、ずっと苦しいままなんだよね。ルルはまだ幼いし…、幼い！」

メイソンがはっとしている。

「ルル、いくつ？」

「え…？」

ぼーっとしていて、あまり何も考えられない。

いくつ？　どういうこと…？

「何歳？」

「十…八歳…」

「嘘！」

メイソンが目を見開いた。そんな表情でもかっこいいとか、まるで詐欺《さぎ》だ。普通はかっこ悪くなるものじゃないの？

「ヒノモトの民って若く見えるのかな？　十二歳ぐらいだと思ってた。あんな子供が、って思ったんだよね、最初。あんな小さな子供なのに、食べ物をもらえてないんだ、って。だから、お城に連れていって、たくさん食べさせてあげて、そのあと、どうするか考えようと思ってたんだった。ぼく、よく城下町に遊びにいくんだ。みんながどういう生活をしているのか知りたくて。あ、また、たくさんしゃべっちゃった。いまはルルの甘さが消えてるんだな。このまま、うまく消えてくれると…だめか…。わざと？」

メイソンが小さく息を吐く。

「何…が…？」

「わざとコントロールして遊んでる…わけはないか。はじめてのヒートだもんね。ルルにもよくわかんないよね。あ、そうそう。ヒートのせいで年齢のこととか吹っ飛んじゃって、幼い子供に手を出してしまった、って落ち込むつもりが、十八歳だったからそんなことしなくてよくなった。あ、オメガがヒートになった場合、たとえ手を出しても年齢とかで罰せられることはないんだよ？　そういうものだから、しょうがない。でも、個人的に、子供に手を出すのはね、っていうのはあって、だから…、また甘くなった…。短期間で甘くなったり、甘くなくなったりするね…」

「メイソンもだよ…？」

すごく甘く感じるときと、そうでもないときがある。話せているのは、あんまり甘く思えないとき。

「ぼくはいつも変わらない。ルルの感じ方がちがうのは、ルルの状態が変化しているんだよ。

あ、だめだ。すごく甘くなった。回復したみたいだね」

「回復…」

「いったんイクと、少し熱は収まるから。それが回復して、またもとの甘さに戻ってきたってこと。ねえ、ルル、本当にいいの？」

「いい…？」

どういうこと？

「ぼくでいいの？」

「メイソンがいい…」

ルルは伸びあがって、メイソンの肩に噛みついた。少し強めに。

だって、なぜか、そこが一番甘そうに見える。

「すごく甘い…」

「ルルもだよ」

メイソンがルルの髪をなでてくれた。

「肩がいいの？」

「うん、肩がいい」

「へえ、なるほど。おもしろいね。もっと噛んでも大丈夫だよ。ルルの噛み方だと痛くないから」

「嘘だ。強く噛んだのに」

「それで？」

がぶっ、とまた噛んでみる。

「あ、それはちょっと痛いかな。そのぐらいにしといて」

「わかった」

これだと痛いのか。気をつけよう。

「じゃあ、いくね。本当に本当に本当に本当に本当に…」

うるさい、という意味をこめて、肩をがぶがぶ噛んだ。

「いった！」

「答えたのに、何度も聞くから。メイソンがいい。ヤマト言葉を話せるからかもしれないし、ヒノモトの研究をしているからかもしれない。でも、メイソンはじめて、この人なら安心できる、って思えた相手なんだ。だから、メイソンがいい。メイソンしかいやだ」

何をされるのか、わからないほど子供ではない。自分ですることはなくても、性に関する知識ぐらいある。

それでもいい。

メイソンならいい。

「わかった。ありがとう」

　メイソンは微笑むと、ルルの腰の下にクッションを敷いた。

「この方がおたがいに楽だと思うよ。ルルは細いしちっちゃいからね」

　たしかに、背も低い。栄養が足りないと背は伸びないんだな、と小さいころに思っていた気がする。

「本当に…」

「うるさい」

　がぶっと思い切り、肩に噛みついてみた。

「ちょっ…！　本当に痛い！」

「だって、おなじことしか聞かないから。いいんだってば。メイソンがいいの！」

「わかった。なんか、年齢を知っても子供とするみたいで…噛まない！」

　メイソンがルルの頭を手で押さえた。

「うるさいんだもん」

「うるさくない。ぼくは慎重なだけで…指も噛まないの！」

　さすがに指は痛そうだから、軽く噛んだだけ。

「本当にもう」

　メイソンが笑っている。

「おもしろい子だね。じゃあ、覚悟するんだよ」

「覚悟なんてしない。早く、この熱を取ってほしい」

おなかの奥に渦巻いている熱がなくなってほしい。

「それじゃ、いくね」

メイソンが自分のペニスを持った。ルルのとはちがって、太くて長い。それでも、ものすごく太いわけじゃない。昔、銭湯で見た大人のペニスとは、またちょっとちがう。太さはそんなでもないけれど、長さはかなりある。

ルルのペニスはあまり大きくない。メイソンに比べたら、長さは半分ぐらいで太さは少し細い程度。

それがコンプレックスだったわけではないけれど、たまにからかわれていやな思いはした。ペニスの大きさで優劣がつく、そんな人たちの仲間にはなりたくなかった。

こうやって他人のペニスをまじまじと見たのははじめてで、形って全員がちがうんだな、と妙なことに感心している。

「これを入れるんだよ。本当に大丈夫？」

「大丈夫」

…かどうかはわからないけれど、いまのままだと困る。

さっきからずっと体が熱くて、甘い匂いは部屋中に充満していて、それはまったく消えそうもない。

このままだと、おかしくなりそう。

少なくとも、メイソンはどうすればいいのかをよくわかっている。ルルの状態のことも、ルル以上に理解してくれている。

だから、まかせる。

ルルが人生ではじめて信頼できると思った人だ。メイソンのしたいことをしてくれていい。

「本当に…噛もうとしない！」

どうしてわかったんだろう。動いてもないのに。

「目がキラッて光ったよね」

なるほど。何かをたくらむとそうなるのか。

「噛んだら痛いんだよ」

「わかってる」

これまで、だれかを噛んだことなんてない。

「アルファはうかつに噛めないけど、オメガって噛むの好きだよね」

「甘いからじゃない？」

甘いものは舐めたいし、その甘さが強くなると噛んでみたい。飴《あめ》みたいなものだ。

アルファだのオメガだの、うかつに噛めない、だの、気になることはあるけれど、それを説明してもらうのはいまじゃない。

「ねえ、もしかして、焦《じ》らしてる？」

「焦らしてるっていうか、逃げ道はあるのかな、って思ってる。やっぱり、ヒノモトの民にこんなことをしたら…あー、わかった」

メイソンが、ふう、と息をついた。

「ぼくが我に返りそうになると、ルルの甘みが強くなるんだ。さっきから、隙があったら逃げようかな、ヒートを強制的に終わらせる薬もあるんだし、ベータにはなんの影響もないから、うちの医者たちがルルに何かするってこともないし、ルルは安全で…さっきまで、こうやってしゃべってたら、ちょっとは甘さが薄まっていたのに…」

「助けて」

ルルはメイソンの手をつかんだ。触れた場所が、ビリビリ、と痺れたみたいになる。

これもまた、はじめてのこと。

「お願い、俺を助けて」

「…後悔するよ」

「してもいい。いまはこの熱をどうにかしたい」

何をするのか、本当の意味でわかっているわけじゃない。すべてが終わったあとで後悔にさいなまれるかもしれない。

それでもいい。

このままでいるよりもいい。

「わかった」

メイソンがにこっと笑った。

「もう、これからは焦らしたり逃げようとしたりしない。いったん始めてしまうと、ぼくもいまほど理性的ではいられないからね。ルルはただ感じていればいい」

「うん」

メイソンの言うことには素直に従う。

そう決めた。

「するよ？」

ルルは、こくん、とうなずく。

メイソンのペニスは屹立《きつりつ》したままで、まったく萎《な》えていない。

あれが入ってくる。

自分の中に、入ってくる。

それでどうなるのか、興味はあるし怖くもある。

でも、早く欲しい。

欲しい、って体が訴えている。

メイソンがペニスを少し押し下げて、ルルの入り口に当てた。

「熱《あつ》…っ…」

じんじんとする。

「本当はそこまで熱くないんだけどね。ぼくも、ルルのここがとても熱く感じる。おたがいに共鳴して反応してるんだよ」

「そ…なんだ…」

どくん、どくん、と脈打っているのは、心臓だろうか、それとも、入り口だろうか。それすらもわからない。

「入れるね」

ぐっ、とメイソンのペニスが入り口を押し広げた。ルルはぎゅっと手を握りこむ。

あれが、入ってくる。

そう考えると、体の奥が熱くなった。

ずぶり。

メイソンのペニスが重量感と熱さとともにルルの内部に侵入する。

「ひゃ…っ…ぁ…ん…っ…」

ようやく、と思った。

ようやく、満たされた。

熱い部分を埋めるものをくれた。

でも。

足りない。全然足りない。もっと欲しい。

「すっご…」

メイソンが、はあ、と小さく息をつく。

「そうだ。オメガってこんなんだった。忘れてた…。全部…、もってかれる…」

メイソンの口調も目も熱っぽくなっていた。

自分もこんな感じなんだろうか。こんなに熱っぽく、メイソンを求めているのだろうか。

メイソンがペニスを奥に進める。ゆっくりと、着実に、ルルの中を満たしていく。

「んっ…あぁ…っ…ん…」

気持ちいい。

すごくすごく気持ちいい。

最後のひと押しとともに、メイソンがすべてを埋め込んだ。

「はぁ…ん…っ…」

「入ったよ…。どう?」

「熱い…」

メイソンのペニスが当たっているところが熱い。

それが、とても心地いいのはどうしてだろう。

「変な感じじゃない？」

「ない…っ…」

ルルは首を横に振る。

「なら、よかった」

メイソンがルルの頬を触った。その指を噛みたくなったけど、いまは我慢だ。

「動くからね」

「動く…んだ…」

「うん、動く。ルルをもっと気持ちよくしてあげないと」

「して…？」

もっと気持ちよくしてほしい。

そう考えたら、びくん、と内壁が震えた。

「催促《さいそく》されてる」

メイソンが笑う。

「してる…かも…」

ルルも笑った。

これはセックスなんだと思う。していることは、たしかにそう。

でも、なんだろう。もっとちがう行為に思えてくる。

ルルの欲しいものをメイソンがくれて、メイソンは…どうなんだろう。欲しいものだったのかな。ちがうのかな。

「期待に応《こた》えないとね」

メイソンはルルの頬から手を離すと、手を滑らせて腰をつかんだ。

「いくよ」

メイソンが腰を引く。内壁が擦られて、快感が強くなった。

「ひゃ…っ…ん…」

また埋められて、ぐっと奥に差し入れられる。ぐちゅん、と濡れた音がした。

「あっ…あぁ…っ…」

ルルの体が小さく震える。

ゆっくりだった出し入れが、どんどん速くなってきた。じゅぷ、じゅぷ、と音も変わってくる。

「ふぁ…っ…あぁ…ん…」

ルルの口からはあえぎしか出てこない。

「壊してしまいそう…」

メイソンを見ると心配そうな顔をしていた。メイソンの動きも止まってしまっている。

「壊れない…よ…？」

ちっちゃくてやせっぽっちだけど、健康だからね。大丈夫。

「そうだといいんだけど」

「そうだよ」

こんなにルルのことを心配してくれる人、ほかにいない。最初は心配してくれていても、ルルが反抗的な態度を取るとすぐに見限られてしまう。

ルルも悪い。そんなのわかっている。

それでも、親に捨てられ、目の色が左右ちがうことでバケモノ扱いされて、自分たちの仲間じゃないみたいなことを考えているのが丸わかりで。

そんな人たちのどこを信用すればいいんだろう。

メイソンは目のことを何も言わない。それがおかしいとすら考えていない。

だから、メイソンのことを信用できるし、メイソンといると安心できる。

目の色なんて関係なく、ルルの悪いところは指摘して、いい部分をほめてくれる、そんな当たり前のことすらしてもらえなかった。ルルのすべての言動を目の色と結びつけられた。

そんな目だから、こんなとんでもないことをするんだ。

そんな目なのに、えらいね。

そうじゃない。ルルがとんでもないことをして、ルルがえらい。目の色なんて関係ない。

ルルの主張は無視されて、結局は目の色ばかりが注目される。

この国の人はいろんな目の色をしていて、左右がちがう人はいるのかいないのかもわからないけれど、目の色でじろじろ見られることはなかった。そこが気楽だった。

いや、でも、黒髪は注目されてたか。黒髪だとわからないようにしたから、大丈夫になっただけで。

どこの国でも異質なものは注目される。もしかしたら、この先、ルルの黒髪が忌《い》むべきものになるかもしれない。

…ん？

「メイソン！」

「あー、だめだった…」

メイソンがペニスをそろそろと抜こうとしているのに気づいたのだ。ルルに指摘されて、メイソンは動きを止める。

「いま、何か考えてたよね。だから、甘さが薄まって、気づかれないうちにどうにかできるかと思ってたんだよ。ルルのヒート、安定してないから。普通はいったんヒートになると、ある程度イカせるまではどうにもならないんだけど、ルルのは強まったり弱まったりするし、ルルはそうやって考えることもできる。おもしろいよね、と思うし、興味はある。でも、ルルが細すぎて壊しそうだし、なんかね、やっぱり、自覚のないオメガがはじめて出会ったアルファとしちゃうのって、こう罪悪感があるっていうか…」

メイソンは本当に真剣にルルのことを考えてくれている。

それがとても嬉しい。

何もかも、ルルにとってははじめての人だ。

だから、この熱を鎮《しず》めるのはメイソンでいい。

ちがう。

メイソンがいい。

「俺には罪悪感なんてない。この熱を鎮めるためにメイソンを利用しているんだろうけど、俺にとってはそれだけじゃなくて、信頼しているからメイソンに任せたい。ずっと、そう言ってる」

「うん、そうなんだけどね。ルルにヒートが起こらなければ、こんなことにはなってないんだから…」

「うるさあああああああい！」

ルルは叫んだ。

「俺としたくないなら、そう言ってくれればいい。何度も逃げようとしなくたって、したくないなら、俺も無理には頼まない。そうなったときにこの体がどうなるのかわからないけど、きっと、メイソンじゃない人がどうにかしてくれる。でも、俺はメイソンがいいんだ」

そう、何度だって思う。

メイソンがいい。

「ぼくだって、ルルをだれかに渡したいわけじゃない。ぼくがしたい。ぼくができないなら、ヒートを鎮める薬を使ってもらうだけだよ。それは、ぼくが理性があるうちしか無理。一回イッたら、ぼくだって歯止めなんか効かない。まだ、少しは理性が働くし、いまならやめられる。ルルがずっとヒートで発情しているならまだしも、いまみたいな時間もあるわけだから。こうやって入れといてする会話でもないんだけどね」

メイソンが困ったような表情になる。

うん、たしかに、メイソンのペニスが入っているのにする会話ではない。いまはメイソンは動いてないし、さっきまでの熱のようなものも落ちついていて、こうやって話し合うこともできているけれど、やっぱり、いまの状況ですることじゃないと思う。

「わざわざヒノモトから逃げてきたのに、ぼくみたいなのにつかまっちゃって、こんなことになっちゃって、災難つづきで申し訳ないなあ、っていうのはあるよ。特に、ルルは子供…子供じゃなかった。もう成人してるんだった」

「そうだよ」

ここでの成人年齢はわからないけれど、ヒノモトは十八歳で成人となる。だから、ルルは立派な大人。

「俺は大人だし、ズルして金持ちの船に乗り込んでヒノモトを脱出するような人間だし、ここに来ても平気で食べ物を盗んでた。見た目は子供に見えるかもしれないけれど、ちゃんとした大人で、自分でなんでも判断できる。細くても壊れない。でも、細いと怖いっていうのはわからなくもない。いますぐ太ることはできないし、俺はできればメイソンにこのましてほしい。いやなら、いま言って。そうじゃなければ、もう逃げようとか、どうにか説得しようとしないで。これが最後。このあとで何か言ったら、本気で噛むから」

全身に歯型をつけてやる！

「ルルは強いね」

メイソンが笑う。

「わかった。ぼくももう悩まない。せっかくの楽しい機会を有効に活用するよ」

楽しい機会を有効に活用するなんて、ルルですら言わない。メイソンは本当にすごい。どれだけヤマト言葉を学んだんだろう。

それも独学で。

「俺、メイソンのことを尊敬してるよ」

「尊敬か。こういうことするのに、一番いらない感情だよね」

メイソンがいたずらっぽい表情になった。

「んー、じゃあ、信頼しているし、安心できる」

「それもいらない」

「だったら…、えーっと…、かっこいい！」

「まあ、それならいいか。ルルもかわいいよ」

「ありがとう。さあ、しよう。いますぐ、しよう」

「ルルははりきるとダメだね。甘さが薄れてきた。逃げはしないけど、いまなら逃げられる」

「こういうの、自分でコントロールできないんだ？」

「訓練すればできるようになるし、しないと本当に困るから、いろいろ終わったら医者を連れてく…、きた…」

「あ…、うん…」

ルルにもわかる。全身が熱い。

これまでとはちがう熱さ。まるで、ほっとかれたことに焦れたみたいに手の指までが熱くなっている。

さっきまでは、こんなことなかった。

「これは…やばい…」

メイソンが、ずん、とルルの奥を突き上げる。

「あぁ…っ…ぁ…っ…ぁぁ…っ…」

それだけでイッてしまいそうになった。体がぶるぶる震えて、熱がまた上がる。

「すご…っ…中が…とろけるように熱い…っ…」

　メイソンがペニスの先端で奥をつついた。ルルの頭が真っ白になって、もう何も考えられない。

　ずちゅ、ずちゅ、と音を立てて、メイソンのペニスが内壁を掻き回す。

「ひっ……ん…あっ…あぁ……っ……ん……」

　体はびくびくと震えっぱなしで、内壁もずっとうごめいている。きゅう、と縮んだ瞬間、メイソンのペニスを締めつけて、その形を意識する。

　もっと欲しい。

　もっと、もっと、もっと。

　メイソンがルルの腰をぎゅっと持って、動きを速めた。

　じゅぶ、じゅぶ、じゅぶ、と摩擦音も変化する。

「はぁ…っ…ん…ふぇ……っ…」

　メイソンのペニスが内壁を刺激するたび、ルルの渇きは癒《い》えていく。なのに、またすぐに渇いて、もっと欲しくなる。

　セックスってこんなものなんだ。

　こんなに激しくて、全身を痺れさせるんだ。

「メイソ…ッ…」

「とまらない…よ…？」

「とまらなくて…いいっ…もっと…欲しっ…」

「いい子だね」

ちゅっとキスをされて、触れた部分に熱が集まる。

何をされても気持ちいい。

ぐちゅん、ぐちゅん、と音が激しくなった。メイソンは腰を大きく動かして、ルルの内部をあますところなく擦っていく。

「あ…イク…っ…！」

「ぼくも…イキそ…っ…」

その言葉と同時に、ルルの中が熱くなった。メイソンが放《はな》ったのだとわかる。それを知った瞬間、ルルも絶頂を迎えた。小さく叫びながら、ペニスから透明な液体をこぼす。

メイソンがルルの上に覆いかぶさってきた。汗ばんだ体はさっきよりも甘そうだ。

かぷっと肩を噛んだら、やっぱり甘い。

「ねえ…」

ルルの息が荒い。うまく話せない。

ルルも汗ばんでいる。メイソンは甘いと思ってくれるだろうか。

「足りない…よ…？」

イッたのに足りない。

全然、足りない。

「ぼくもだ…」

吐息混じりのメイソンの声が艶《つや》っぽい。

「ぼくも、こんなのじゃ足りない。もっと欲しい」

「うん、欲しい…」

ルルはメイソンの指を噛んだ。

甘くておいしい。

「だから、ちょうだい」

「いくらでも」

メイソンがペニスを抜く。

「ど…して…！」

「いろいろとしよう」

メイソンがにっこりと笑った。

「もう迷いなんてない。ルルが満足するまで抱いてあげる。でも、ルルも協力して」

さっきまでとは雰囲気がちがう。やさしいだけじゃなくて、野性味があるというか、少し意地悪っぽいというか。

でも、怖くはない。

本当に意地悪じゃないことは知っている。

「協力…？」

「そう。ルルもぼくを気持ちよくして」

「わかった」

メイソンがそう望むなら。


「あっ…あぁ…っ…」

ルルは腰を上下に動かしながら、体をのけぞらせた。

メイソンの上に乗って、みずからメイソンを受け入れて、自分で擦る。

そんな恥ずかしいことができるんだろうか、と不安に思っていたけれど、実際にしてみたら自分でいいように動けるから楽な感じがする。

中にあるペニスを内壁が刺激するとメイソンの唇からかすかなあえぎがこぼれて、それも楽しい。

「無理しなくていいからね」

メイソンの声がやさしい。

「してな…っ…」

熱はまだまだ体の中に渦巻いていて、内壁が擦れることで少しだけやわらぐ。なので、腰を止めることができない。

じゅぶ、じゅぶ、と音をさせながら、メイソンのペニスを内壁に当てる。

自分だけが気持ちよくなっていちゃだめだ、と思うから、内壁に力を入れてメイソンのペニスを締めつけてみたりする。そうすると、メイソンのおなかが、びくん、と震える。よかった。気持ちよくなってくれてる。

そのことに安心する。

「ん…っ…ふぁ…っ…」

ルルの腰の動きがだんだん速くなってきた。最初は慎重だったけれど、いまは気持ちよくなりたい方が強い。

速いだけじゃなくて、抜く寸前まで腰を上げて、そのまま、すとん、と落としてみたりもできる。

「ひ…っ…ん…」

自分でして、自分であえいでいる。

はたから見たら、滑稽《こっけい》なのかもしれない。

でも、気持ちいいからそれでいい。

ルルの中から何かがこぼれている。これが何なのかはわからないけれど、欲望の証みたいなのだと思う。

快感が強くなると、量も多くなる。

濡れた音がどんどん強くなっていく。

ぐちゅ、ぐちゅ、と音が変わり、ルルは腰を必死に動かしつづけた。

「あ…イク…イク…っ…！」

ルルのペニスからも液体がこぼれる。中にあるメイソンはまだ硬いままで、もうイキそうなのか、まだまだなのか、それがわからない。

ルルは大きく息をつきながら、また動こうとする。

「いいよ」

メイソンがルルの頬をなでた。

「がんばってくれたから、今度はぼくの番。いったん抜いて、体勢を変えるね」

メイソンのペニスが抜かれて、ルルは思わず、ため息をついてしまう。これで終わりじゃないとわかっているのに、とても寂しく感じたのだ。

くるん、と体を引っくり返されて、ルルはベッドにうつぶせになった。腰を高く上げさせられて、メイソンのペニスが入ってくる。

「んぁ…っ…はぁ…っ…ん…」

ペニスが当たった瞬間、熱い、と思う。入ってくるときは、少しだけ緊張する。

でも、すぐに、欲しかったものを与えられた喜びに変わった。

自分でも知らない自分。

「大丈夫?」

「だいじょ…ぶ…」

こうやって気づかわれるなんて、本当にはじめてで。それだけで心までほわっと温かくなる。

「よかった」

メイソンがルルの髪をなでてくれてから、手を前に滑らせた。

「な…に…?」

「乳首もいじってあげる。その方がルルはもっと気持ちよくなれるよ」

いいよ、と言おうとしたけど、メイソンの手の方が早かった。乳首を指で挟まれて、そのまま揺らされる。

「ん…ぁ…っ…!」

ルルの体が大きくのけぞった。内壁も、びくびくっ、と震える。

「あ、いいね。中がひくついてる」

もう一方の手も乳首に伸ばされて、両方を同時に愛撫《あいぶ》された。

「ひゃ…う…ん…」

つまれたり、回されたり、弾かれたり、軽く押さえられたり。乳輪も指先でなぞられて、そこも敏感だと思い知らされる。

「んぁ…っ…ひ…ん…っ…」

メイソンのペニスはゆっくりとルルの中を掻き回している。そのゆるさが気持ちいい。

でも。

強い刺激が欲しい。

「もっと…ぉ…」

「もっと、何？」

やさしい口調の中に、ちょっとのいたずらっぽさ。

そこもまたメイソンの魅力に感じられる。

どうしてだろう。

「速く…してっ…」

「速いだけでいいの？」

「気持ちよく…して…ぇ…」

恥ずかしいという感情はなかった。

だって、気持ちよくなりたいし、メイソンにも気持ちよくなってほしい。

「わかった」

メイソンは乳首をきゅっとつまみながら、ガン、と奥を突いた。

「あぁ…っ…」

そう、これ。

こういうのが欲しい。

もっともっと欲しい。

メイソンはいったん腰を引いて、また奥まで一気に埋め込む。ぐちゅり、と濡れた音が耳に届く。

「はぅ…っ…あ…っ…」

埋め込んだまま、ペニスを動かされた。小刻みに最奥《さいおう》をつつかれて、ルルは体を何度も震わせる。

「も…イク…かも…っ…」

さっきから、イクのが早い。何度もイッているのに、遅くなるどころか早くなってる。

自分でするときは一回イクのも大変で、終わったらその日の全精力を使い果たしたんじゃないか、と思うぐらい疲れていたのに、いまはまったくちがう。

してもしても足りない。

「ぼくもイキそう…」

それなら、よかった。メイソンも一緒にイクなら、自分ばかり、という罪悪感も少しは薄れる。

「激しくしてもいい？」

ルルは、こくこく、とうなずいた。

なんでもしていい。

してほしい。

メイソンは打ちつけるように腰を動かす。奥よりももっと奥にペニスの先端が当たるような感覚に、ズン、と頭に響く快感が襲ってきた。

何度も何度も打ちつけられて、快感の波がつぎつぎにやってくる。

「あ…あ…だめ…っ…！」

気づいたら、放っていた。メイソンは少し遅れて、ルルの中に注ぎこむ。

「いまの気持ちよかった…」

メイソンが満足そうだ。

それなら、よかった。

「ルルは大丈夫だった？　痛かったりしない？」

「だい…じょ…ぶ…」

すごく気持ちよかった。

「この体勢はおたがいに楽なんだけど、やっぱり、顔が見えた方がいいよね。ルルはどう？」

「まだ…するの…？」

「ルルがもういいなら、この甘さは消えてる。消えないうちはするよ」

「そ…なんだ…」

自分ではよくわからない。頭がぼーっとする。

「俺も…顔が見えた方がいいかな…」

メイソンのきれいな顔を見ていると、なんだか、ほっとする。笑いかけられると、こっちも楽しくなる。

だから、顔が見えた方がいい。

「じゃあ、また、くるり、っと」

メイソンがペニスを抜いてから、ルルの体を表にした。

「あ、ルルだ」

「メイソンだ」

そんなことを言って、笑い合う。

セックスをしていても、こんなふうに会話をしたり、笑ったりできるんだな、と不思議な気持ちになる。

セックスするときって、セックスだけだと思っていた。

でも、ちがった。

向かい合わせの格好で、メイソンのペニスが入ってくる。そこはまた硬くなっていた。

「ねえ、メイソン」

「ん？」

「ありがとう」

「何が？」

メイソンがきょとんとしている。

「わかんないけど、お礼を言いたくなった」

「そっか。そんな気になったんだね。じゃあ、えっと…どういたしまして、でいいのかな」

「うん、それでいい」

本当によく知っている。

「どういたしまして」

メイソンがにっこり笑った。

その笑顔にも安心する。

「するよ？」

「うん」

メイソンのペニスが入ってくる。

それだけで、なぜだか安心してしまう。

動かれると気持ちよくて、もっと欲しくなる。

こんな自分は知らない。
でも、いやじゃない。
メイソンとならいい。
そのあと、何度かわからなくなるぐらいした。
もう無理だと思うぐらい、して、して、しまくって。
最後、ルルは意識を手放す。
今日、二回目の気絶だな、と思いながら、ルルは闇にのみこまれた。
とても安心できる闇の中へ。

4

「この世のほとんどの人はベータです」

医者がホワイトボードにβ《ベータ》という文字を書いた。その文字は見たことがある。

ちなみに、医者の言うことはまったくわからない。メイソンが通訳してくれているのだ。

「たまにアルファとオメガが生まれます」

α《アルファ》、Ω《オメガ》。

なるほど。

「アルファもオメガも突然変異で、どちらも割合的にはごくわずかです。最近ではその割合もさらに少なくなっています。オメガが産んだ子供がアルファかオメガになりやすいのですが、オメガとして生きていくのはとても大変で、こんなつらい思いを自分の子供にさせたくない、と子供を産むことを拒否するオメガが増えています。オメガが子供を産まなくなったとしても、突然変異ですから、ベータからも生まれてくるんです。あなたはたぶん、ベータから生まれたオメガですね。血液検査の結果、オメガの因子《いんし》がそんなにありませんでした。これはベータからの突然変異の特徴です。もしかしたら、一生、オメガに目覚めなかった可能性があります」

「はい！」

α β Ω

ルルは手をあげた。

「途中からまったくわかりません」

アルファとオメガって、だから、なんなわけ？

メイソンが何かを医者に告げた。医者はうなずく。

「簡単に言うと、アルファもオメガもいま現在はいてもいなくてもいいんです。おい、失礼だな！」

通訳したあとに、メイソンが憤《いきどお》った。

「通じないよ？」

「通じないように言ってるんだ。ぼくが怒るとクビが飛んだりするから。そういうのは本意じゃない」

やっぱり、やさしいよね。出会った日から、その気持ちはまったく変わらない。

このお城にきて二週間がたっていた。あの翌日、目が覚めるとすぐに医者がやってきて、何かの薬を飲まされた。そのあとは検査につぐ検査で、メイソンも通訳として同席してはくれるけれど、本来の用事もたくさんあるから、ずっとつきそっていてはもらえない。

夜はこの国の言葉を教えてもらっている。この二週間で覚えたのは、ここで使う文字と簡単な会話程度。おはようございます、こんにちは、こんばんは、おやすみなさい、ありがとう、ごめんなさい、ぐらいなら言える。でも、それだけだと会話はできない。

他国の言葉を覚えるのって、本当に大変だ。ヤマト言葉をぺらぺらしゃべれるメイソンを心から尊敬する。

メイソンに頼ってばかりじゃ申し訳ないから、早く話せるようになりたい。まずは単語を増やすことと、文法をしっかり学ぶこと。自分で勉強するにしても、ヤマト言葉との比較がないからむずかしい。

時間だけはたっぷりあるのに、ままならない。

「…どうぞ」

わ、メイソンが医者に言った、どうぞ、の部分が聞きとれた！

こういうささいなことが嬉しい。どんどん、こうやってわかる部分が増えていけばいい。

メイソンにうながされて、医者がつづきを話す。

「オメガは少子化解消のための秘密兵器だったのではないか、と言われています。男女の区別なく子供を産ませて、人類を絶滅から救うべく各国が協力してその因子を作ったのでは、と。

え？　そうなの？」

「メイソンも知らないの？」

ルルが何も知らないのは当然として、そっちに驚く。

「この世にはアルファ、ベータ、オメガがいて、あなたみたいなアルファは生殖《せいしょく》能力がとんでもなく高く、ベータでもオメガでも妊娠させる確率が跳ねあがるから王族としてはとても有利、子供がたくさんできる、ってことぐらいかな。それを聞いて、冗談じゃない、だれが子供なんて作るか、何があっても拒絶してやる、と思っていたよ、若いころは」

「いまは？」

あれ、もしかして、メイソンって子供がいたりする？

ちくん、と胸が痛んだ。

…どうして？

王位継承者だと子供が何人かいてもおかしくない。それに、メイソンに子供がいたとしてもルルにはなんの関係もない。

なのになぜか、もやもやする。

自分でもよくわからない。

「それが、ぼくは生殖能力が高くなくてね。なんか、そういうアルファが増えてるんだってさ。一時期、アルファとオメガが爆発的に増えたおかげか少子化が解消されて、むしろ、これから先、ちょっと人口が減った方がいいんじゃないか、という段階に入ってきたみたいで、生殖能力が高くないアルファと絶対に産みたくないオメガばかりになってきたらしい。そのうち、アルファとオメガはいなくなるかもね。医者が言ってたように、いま現在、アルファとオメガは本当にいてもいなくてもいいんだよ」

「そうなんだ」

つまり、生殖能力が高くて子供をたくさん作れるアルファと、男女の区別なく…区別なく…？　え？　待って。

「男女の区別なく！」

「うわ、びっくりした！　急に大きな声出すから、医者もびっくりしてるよ」

本当だ。ちょっと後ずさってる。

「あのさ、確認したいんだけど。俺の聞きまちがいだと思うんだけど、男女の区別なく産める、って言った？」

「言った」

「俺…も…？」

まさか、産めるの…？

メイソンが医者に何かを聞いて、医者が何かを答えた。

「ルルの体重なら妊娠しない。だから、いますぐは産めないけど、将来的にもっと体に肉がつけば産めるって」

「はあ？」

男なのに？

「オメガって妊娠するための種族…人種…？　まあ、そんな感じ。アルファは妊娠させるための存在。あ、存在がいいね。だから、ルルは産めるし、ぼくは産ませられる。とはいえ、さっきも言ったけど、ぼくは生殖能力が高くないんだよ。オメガが少なくなった、子供を産まなくなった、といっても、王族の子供なら欲しい、ってオメガはたくさんいる。ぼくも、もっと若いころ、手あたり次第にオメガをあてがわれたことがあったんだ。それがいやでいやでいやで、たくさんの医者に防衛策とか聞いたりして、オメガのフェロモンに負けないようにがんばっていたんだけど、最初のうちはどうにもならなくてね。オメガのフェロモンってものすごく強力だし、ヒート中のオメガにはなす術《すべ》がなかった。ああ、ぼくの子供がたくさん生まれる、どうしよう、って悩んでいたのに、だれも妊娠しないんだ」

「え…？」

あてがわれる？　メイソンの意思を無視して？

それって、あまりにもひどくない？

「その…オメガとのいろいろにメイソンは納得していたの？」

「してないよ。だって、ぼくの人権がないよね」

そう、それ。産ませるための道具みたい。

「でもね、周りの人たちの考えていることはわかるんだ。ぼくは王位継承者だから、子供は多い方がいいんだよ。たくさんの子供の中から、一番優秀に育った人をつぎの王位継承者にする。ぼくも、そうやって選ばれた。こう見えても優秀なんだ」

いたずらっぽい顔がとても魅力的に映る。

顔がいいって、本当に得だね。

「優秀にしか見えないよ」

「おや、嬉しい」

今度はにっこり。

うん、笑顔がいいね。

「そんな優秀なぼくだけど、子供ができなくてね、ぼくが何かしてるんじゃないかって疑われて、監視カメラとかつけられて、もう本当にね、生殖行為に夢も希望もないというか、できるなら避けたいっていうか…」

ああ、だからなのか。

ルルはようやく納得した。

ルルとしたとき何度も逃げようとしたのは、そういう過去があったからなのか。

ルルを傷つけたくない、というのは嘘じゃなかったと思っている。だけど、あんな状態なのにやめるのは少し変だった。

監視カメラまでつけられたら、それがメイソンの傷になっていてもおかしくない。

「いろいろ検査した結果、生殖能力が普通よりも低い、と。ベータを自然妊娠させるのは無理、オメガでもかなりむずかしいらしい。それを聞いて、ぼくは本当に自由な気分になったんだ。アルファだけど生殖能力を求められない、ぼくはぼくのままでいい、って。そうしたら、今度は王位継承権を奪われようとしてる。ぼくは優秀で有能だけど、おなじぐらい優秀で有能でベータとして普通の生殖能力を持っている人がいるから、そっちにすればいいんじゃないか、ってえらい人たちが話し合い中。たぶん、そのうち、王位継承権はなくなる。だって、子供ができないんだもん」

「え、ベータっていうのは…」

アルファとオメガについてはなんとなくわかった。ベータってなんだっけ?

「いわゆる、普通の人間。もっと言えば、生殖能力が普通の人たちのこと。ルルのご両親もベータだったはずだよ。医者の研究結果がたしかなら、だけどね。あ、ちょっと待って」

メイソンが医者に問いかけて、医者が答える。

「一番多いときで、アルファは全人口の三パーセント、オメガは二パーセントぐらいいたんだって。百人いれば、三人はアルファで二人はオメガ。平均的にオメガは七、八人、子供を産むし、アルファはオメガに対してだけじゃなくてベータもあわせて、二十人とか子供を作るんだよ。その割合なら、すぐに人口は増えるよね。それ以外の九十五人も普通に妊娠させたり、妊娠したりできるし。それがいまは、アルファは一万人に一人、オメガは二万人に一人ぐらいしかいない。とはいえ、その割合だとヒノモトにもアルファもオメガもある程度はいたはずなんだよね」

たしかに。ヒノモトの人口が少ないといっても、全盛期に比べればであって、何万人という単位では決してない。

それでも、アルファとオメガの話は聞いたことがない。出会ったこともない。

「ぼくだって、何人のオメガと生殖行為をさせられたかわからない。ぼくの周りでもそれだけいるってこと。偽《にせ》のオメガとかじゃないからね。相手がオメガだと、さすがにすぐわかる。というか、オメガと会ったときだけ、あ、ぼく、アルファだ、って自覚する。ヒート中じゃなくてもオメガはフェロモンが出ていて、それがアルファを魅きつけるんだ」

「そう、ヒート！」

自分ではどうにもならないあの状態は、いったいなんなんだろう。気絶するように眠りに落ちた翌日に薬をもらってから、ぴたり、ととまった。メイソンから甘さも感じなくなった。

「ヒートは…」

医者がまたホワイトボードに何かを書く。文字は習ったのでわかるけれど、単語としてまったく意味をなさない。

まだまだ勉強が必要だ。

「オメガが妊娠可能な期間で、半年に一回、二週間ほどつづく。その期間にアルファと交わる…交わる？　うん、まあいいか。交われば、ほぼ妊娠できる。ただし、ヒート期間中は生殖に特化してしまい、ほかのことがなんにもできなくなるので、これをきらうオメガはとても多い。対策としては、抑制剤《よくせいざい》という薬でフェロモンの過剰《かじょう》放出を抑えて、妊娠は可能だけれど日常生活を送れるようにするか、無効剤でヒートそのものをなくしてしまうか、どっちかだって。ルルはどっちを飲んだの？」

「知らな…」

「抑制剤だって。ちゃんと効いてたね。フェロモンを感じなかった。っていうか、ルルはヒートになるまではいまみたいにフェロモンがなくて、まったくオメガだってわからなかったんだよね。だから、本当にびっくりした」

ルルが聞かれたんじゃなかった。医者にたしかめてた。

そうか、あれは抑制剤なんだ。

ということは…。

「俺、いまも妊娠できるの？」

それはとても怖いんだけど！

「そもそも、ヒートが終わってる。もう二週間たったよね？」

あ、そうだった。ということは…。

「もう薬は飲まなくてもいい？」

メイソンが医者に質問して、医者は首を横に振った。

「あと数日、念のために飲んどいてください、って。最初のヒートはきっちり二週間かどうかわからないみたい。短いときも長いときもある。抑制剤は長く研究されてきて安全だし、副作用もいまのところ、ルルにはないみたいだから」

「わかった」

あの状態はたしかに困るから、しばらく飲んでおこう。

「ヒート中だとしても、ルルは体重の関係で妊娠できない。ぼくは生殖能力の関係で妊娠させられない。もし妊娠する可能性があるなら、ちゃんと避妊《ひにん》しているよ。ぼくはそんなに無責任じゃない」

うん、そうだね。メイソンはそんな人じゃない。

「メイソン以外の人ともヒート中なら……」

うわ、すごくいやだ。でも、そういう可能性があるなら、知っておきたい。

「ヒート中はこもっててもらうから大丈夫。ルルを怖い目にはあわせない。約束する」

すごく頼もしいし、ありがたい。次のヒートが起こる半年後までここにいられるということだろうか。でも、そんなに長くお世話になっていいのかな。

疑問はたくさんある。だけど、聞きたいのはそれじゃない。

ルルの表情を読んだのか、メイソンがつづけた。

「ルルの生殖能力については未知数なんだよね。もっと体重が増えてから、改めて検査するみたい。だから、なんとも言えない。一般的には、ぼくみたいに生殖能力が低いアルファは増えているけれど、妊娠の可能性が低くなっているオメガはあまりいないらしい。だから、無効剤がものすごく売れてるんだって。ヒート期間だけ飲めばいいんだけど、無効剤は保険が効かないからかなり高価だし、それなりに副作用があるみたい。それでもいいから飲みたい、妊娠したくない、ってことらしい。大変だなあ」

メイソンが本当に気の毒そうな表情を浮かべた。

メイソンの言葉は信用できる。思ってないことは言わない。

ルルは嘘を聞きわける能力がものすごく発達していると自負しているけれど、メイソンからはそういうのを一切感じないのだ。

だから、メイソンには安心できるんだと思う。こんな人、会ったことがない。

「ルルも、ヒートとはこれからずっとつきあっていかなきゃならないから、どうしたいか、ゆっくりでいいから考えて。とりあえずは抑制剤ね。自分でなってみてわかったと思うけど、本当に生殖行為のことしか考えられなくなるから」

たしかに、そうだった。

甘い匂いが欲しくて、それを追いかけつづけた。

自分が自分じゃないみたいだった。

あれが二週間もつづくとしたら、ものすごく困る。つぎのヒートは半年後だとしても、半年なんて、あっという間にたってしまいそう。

「ほかに聞きたいことはある？」

聞きたいことは、たぶんある。

でも。

「いまはいろんな情報で頭がパンクしそうで、質問も思いつかない」

それが正直な気持ち。

「だよね」

メイソンが、うんうん、とうなずいた。

「ゆっくり整理して、何か質問があったら聞いて。あ、医者が用があるからまた今度だって。ぼくも、ちょっと公務があるから、またくるね。ゆっくりしてて。じゃあね」

髪をぐしゃぐしゃってなでて、メイソンは医者とともに出ていった。ルルはどっと疲れが出て、ベッドにふらふらとたどりつき、そのまま寝転ぶ。

「なんだ、アルファ、ベータ、オメガって…」

そんな分類、はじめて聞いた。

自分がオメガだというのはメイソンに聞いていたけれど、オメガがどういうものなのかは今日はじめてわかった。

産む種族。

「俺が、産む…？」

まさか。そんなことありえない。

男に生まれて、だれとも結婚するつもりもなくて、自分の子供なんてできないと思って生きてきた。

でも、それは、だれか女性に産んでもらうことを想定していて、自分が産むなんてこと考えたこともない。

当たり前だ。

普通の男性なら、子供なんて産めないから。

「俺は…もしかして、産める…？」

嘘だろ…？

だめだ。考えれば考えるほど混乱する。

とりあえず、いったん寝よう。寝ている間に頭の中も整理されるかもしれない。

情報が多すぎて、疲れた。

よし、お昼寝の時間。


コンコン、とノックの音がして、ルルはベッドから起き上がると、はーい、と返事をした。

この時間だと夕食かな？

「どうぞ」

そのぐらいは話せる。

「お邪魔します。どう？　オメガについて理解した？」

メイソンだ！

「座ってもいい？」

メイソンはソファを指さした。

「もちろん」

メイソンがソファに腰かける。ルルはベッドから降りて、その向かいに座った。これが最近の定位置。間にはガラスのテーブルがあって、お茶を飲んだり、おやつを食べたりもする。

今日は夕食前だから、何もない。

「どうしたの？　公務で忙しいんじゃなかった？」

「もう夜だよ。こんな時間までは働かない。それに、最近、公務も少なくなってきてる。王位継承者の交代を見据《みす》えてるんだと思うよ」

「メイソン、王様に向いてるのにね」

「え？」

メイソンが首をかしげた。

「どこが？」

「やさしくて思慮深いところ。俺だったら、メイソンに王様になってほしい。っていうか、王様でいいの？」

この国の政治がどうなっているのか、よくわからない。王政なんだろうか。

「うん、王様」

「国を治める王様？」

「そう。政府は政府であるんだけどね。そこと連動して治めている感じかな。王様が一応、一番えらいことにはなってる」

なるほど。

「ヒノモトは？」

「首相…ってわかる？」

「もちろん。首相が治めるってことは議会政治だね」

「議会政治…」

言葉として、議会も政治もわかるけど、議会政治って聞いたことがない。

「国民が代表を選んで、その代表者が統治すること。うちは王政と議会政治を混ぜた感じ。王政だけだといろいろと大変だから、近年、議会政治を足したんだ」

なるほど。議会政治ってそういうことなのか。

メイソン、本当に物知りだ。

「ところで、今日もヒノモトのことを聞いてもいい？」

「あ、うん、どうぞ」

沈んでしまった故郷のことは、いつも頭にある。逃げる時間もなく、ヒノモトとともに沈んでしまった人たちのことも。

ルルの知り合いも、その中にはいる。ルルだって、あの船に潜入しなかったら、ヒノモトと一緒に沈んでいた。

ルルがいま生きているのは、ただの運でしかない。

沈んだ当初は特になんにも感じなかったし、ヒノモトがなくなってもどうでもいい、と思っていた。だけど、時間がたつにつれて、故郷がなくなった悲しみと、自分も死んでいたかもしれないという恐怖に襲われるようになった。

あのときはヒノモトが沈む様子を見て、心が何かを考えるのをやめたのかもしれない。船に乗っていた人たちとおなじぐらい、ルルもショックを受けていたのだろう。

ヒノモトではいやなことばかりだったという気持ちも薄れてきて、最近思い出すのはきれいな景色だったり、たまにあった楽しいことだったり、だれかにふいにやさしくされた瞬間だったりする。

そんな場所ももうない。知り合いにも会えない。

自分が生まれ育った場所がなくなってしまった。

そのことがとても寂しくて悲しい。

そう思えるようになったのは、いま、自分がちゃんとした暮らしができているからかもしれない。

すべてメイソンのおかげ。

故郷を憎まなくてすむのなら、その方がいい。

メイソンがヒノモトのことをいろいろ聞いてくれるのもありがたい。おかげで、たくさんのことを思い出せている。

ヒノモトの話をしている間はヒノモトの存在は消えない。

そんな気持ちにもなれる。

「緊急で学会が開かれることになってね。えっと…」

メイソンが言い淀《よど》んでいる。ということは。

「ヒノモトがなくなったから?」

「…そうだね」

こういうところだよ、と思う。

メイソンを信用できるのは、まさにこういうところ。

ルルの痛みを考えてくれている。ヒノモトの研究をしているメイソンにとって、一番聞きたいだろうことを聞かないでおいてくれる。

「みんな、ヒノモトの不幸を喜んでいるわけでは決してないんだよ。自分のことのように悲しんでいるし、自分に何ができるのか、ちゃんと考えてもいる。それでも、研究者っていうのは研究をするのが性《さが》だから。予想よりもはるかに早くヒノモトが沈んでしまった原因はなんなのか、その異変に気づけなかったのか、それとも、もともとの予想がまったくちがっていたのか、そういうことをみんなで話し合いたい。自分一人で考えていても限界はあるし、研究している人たちの専門分野もちがうから、それぞれの角度から見ていくのは大事なことなんだ」

「わかるよ、大丈夫」

ルルは、ポンポン、とメイソンの腕をたたいた。

「そんな説明しなくてもいい。メイソンが俺のことを心配してくれているのも、ヒノモトのことが本当に好きなのも、ちゃんとわかってる。それに、俺も話したい。そろそろ、聞いてほしい。ヒノモトが沈んだときのこと」

「え…？」

メイソンが目をぱちくりとさせる。

その姿がなんだかとてもかわいくて、思わず笑ってしまう。

船に乗っていたときにヒノモトが沈んだ。

その話はした。

それ以外のことは胸にしまったまま。

そろそろいいんじゃないかな、と思えるようになってきた。

記憶は薄れる。

衝撃だったヒノモトの沈没ですら、時間がたつと詳細を忘れてしまうだろう。

あの光景を一生忘れない。

そう思っていても忘れる。人間の脳はそんなふうにできている。

だから、聞いてほしい。

メイソンにしか話せない。

「でも、話せることもそんなにない。本当に一瞬だったから。国ってこんなに簡単に沈むんだ、って驚いたぐらい」

「待って!」

メイソンがルルを制した。

「医者を呼ぶ?」

「医者?」

どうして。

「ルルがそのときのことを思い出して苦しくなって具合が悪くなったら、すぐに診《み》てもらえるように」

この人はどこまで気を使って、どこまでやさしいんだろう。

メイソンのことを知れば知るほど、尊敬の気持ちしかない。この国で出会えたのがメイソンで本当によかった。

「大丈夫。そんなことにはならないと思う。でも、なったらなったで、そのときに呼んでもらえばいいよ。医者が待機している中では話したくないかな」

最後は冗談っぽく。

「それもそうだね。ぼくも、第三者がいるのに深刻な話はしたくない。じゃあ、聞くだけね。メモとかはとらない。それでいい？」

「むしろ、メモをとってもらいたい。俺の記憶が薄れる前に、メイソンに共有してほしいんだ」

「わかった」

メイソンは持っていたメモとペンをテーブルに置く。

「つらくなったら言ってね」

「うん」

つらくなるんだろうか。それはわからない。

でも、話したい。

「ドン…トン？　とにかく軽い音だった」

あの音も忘れないと思っていたのに、もう記憶が遠い。こうやって口にしてみても、それであっているのかどうかの自信もない。

もっと早く話せばよかった。

「最初は船の中で何かがぶつかったんだと思った。そのぐらいの近さの気がしたんだ。それで……」

どうしたんだっけ？

「ルル」

メイソンがルルの隣にきて、ぎゅっと手を握った。

「いいよ。もういい。まだ早いよ」

「ちがう、ちがう。思い出せないんだ。その音が聞こえたあと、自分がどうしたのか。そもそも、どこで聞いたのか。えー、こんなに早く忘れちゃう？」

絶対に忘れない、とか簡単に言うのはやめよう。

だって、こんな一大事でも忘れてしまっている。

「記憶って不思議なもので、いやなものは封印してしまうし、つらいことも封印してしまうし、楽しいことは盛ってしまう。おなじできごとを経験していても、全員の記憶ってちがうんだよね。その中で、かならず思い出話をする人がいて、その人の側面での話ばかり聞いていると、自分の記憶もそうなってしまう。ぼくは記憶にも興味を持っていて、その勉強もしているから、ルルのとまどいもよくわかるよ。覚えてると思っていたのに、そのときの光景とかきれいに消えてたりするでしょ？」

「そう！」

人のざわめきとかは覚えている。どうしてこんなにざわざわしているんだろう、と疑問に思ってデッキに行ったのも覚えている。

でも、その前にどこにいたんだっけ？　食事を盗もうとしていた？　昼寝でもしていた？　見つからなくてすむ場所をほかにも探していた？

「メイソンって記憶の研究もしているんだ？」

「記憶は勉強。研究はしていない。専門家に教えてもらって、へえ、そうなんだ、って知識を増やしていく感じかな。ヒノモトのことは研究しているよ。自分で疑問を見つけて、その答えを何年も探して。ルルのおかげで、この二週間で一気に解決していってるけどね。ありがとう。というわけで…」

メイソンがルルを心配してくれていることはわかっている。ここで話を終わってもいいよ、と言いたいんだろうな、とも。

でも。

「俺に話させて」

今日ですら、記憶が危うい。あと何日、何週間、何ヶ月かたってしまうと、いまは鮮明なものですら消えてしまいそう。

あの船に乗っていた人たちはたくさんいて、大金持ちだから避難した先で歓迎されて、彼らの話はたくさんの人たちが聞いてくれているだろう。その国にもヒノモトの研究者はいるかもしれない。ルルが話すよりも詳細なものが、もうあるかもしれない。

それでも、ルルはルルの知っている話をしたい。

それをメイソンに聞いてほしい。

ルルにしか見られなかった光景があるとは思わない。全員がおなじものを見ていた。

それでも、ルルの記憶を話したい。

メイソンがじっとルルを見る。

「大丈夫。いろいろと忘れていることにびっくりしただけ。それに、今日が一番記憶が鮮明な日なんだよ？　明日以降、もっと忘れていってしまう。だから、メイソンに話しておきたい。俺が覚えているすべてのこと」

「ルルは強いね」

メイソンがルルの手をなでた。

「強いのかな？」

「言葉もわからない国で船を降りて、そこで生活しようってぐらいには強い」

「食べものを盗みながらね。いつか絶対に弁償するから！」

それはちゃんと覚えている。

「うん、わかってる。利子《りし》はつけないでおいてあげるよ」

「俺が勝手につける」

「え、すごい金額になるよ？」

「いいよ。そのぐらいのことはしたんだから。本当なら、いまごろ刑務所に入っていてもおかしくないのに、こうやってぬくぬくと暮らしている。ところで、刑務所ってあるの？」

「あるよ」

そっか、あるんだ。

「警察は？」

「もちろん」

「なのに、だれも俺をつかまえなかったんだ…」

どうしてだろう。

「やせっぽっちの小さな子が食べものを盗むなんて、よっぽどのことだ。事情があるんだろう、と声をかけても、すぐに逃げていく。きっと話せないような事情なんだ。メイソン様、聞いてやってはくれませんかね。被害もそんなにないから警察に通報するまでもないし、だからといって、あんな子供を放っておくのも良心がとがめる、って陳情《ちんじょう》がきてたから、最初にルルを見たときに、ああ、この子か、って思ったんだ。どんな事情があるにせよ、しばらくお城に泊めてあげるから来なさい、って言っているのに、ぼくの手を引っ掻くし、逃げようとするし、本当にやせっぽっちで軽いし、これはなんとしてもうちで保護しようと決意を新たにしたら、ヒノモトの民だった、ってわけ。盗まれた人すら心配してたんだよ、ルルのこと」

「…本当に申し訳ない」

怒ってると思っていた。声の調子からそうだと判断していた。

あの盗人《ぬすっと》に気をつけろ、と言われているのだとばかり。

まさか、みんなで心配してくれていたなんて。

自分のことにいっぱいいっぱいで、周りがみんな敵に見えて、親切心だなんて気づかなかった。

気づいたところで、言葉も話せないし、頭を洗われたらヒノモトの民だとばれてしまうから、結果、逃げることを選んだだろうけど、それでも、感謝の気持ちぐらいは表せた。

心に余裕がないと、他人の親切に気づけない。

お金を持っていったときに誠心誠意謝ろう。そのときには、きっと、この国の言葉を話せるようになっている。

「まさか、十八歳だとはね」

「そういえば、メイソンっていくつ？」

「二十三歳」

「え、見えな…見える…微妙…」

何歳だと言われても、そうなんだ、と納得しそう。

「二十歳で王位継承者に選ばれて、三年間、一人の子供もできなくて、二十五歳で戴冠式《たいかんしき》の予定が白紙になりそうな、そんな二十三歳です」

「三年間…」

その間、周りに、子供を作れ、アルファなんだからできるだろう、ちゃんとしてるのか、監視カメラで見るぞ、みたいなことを言われつづけてきたのかと思うと、ルルの胸まで痛くなる。

「そう、三年間、子作りをさせられつづけました。最近は新たな王位継承者が見つかったのか、うるさく言われなくなってきたけどね。楽になったよ」

「王位継承者じゃなくなったら、どうなるの？　まさか…！」

昔読んだ本を思い出した。

王位継承権争いに敗れて、ギロチンにかけられた人のこと。

「ただの王族に戻るだけ。いまの王様の子供は本当にたくさんいるから、その中の一人になるんだよ。王妃を選ぶためのお見合いにとんでもない時間をかけなくていいし、そういう意味でも楽になる。実際に王位継承者を外れると公務がほとんどなくなって自分の時間がたっぷりできるから、ヒノモトの研究に力を入れよう」

メイソンがうきうきしている。

「王様になりたくないの？」

お店の人がルルのことをメイソンに訴えたのも、メイソンならどうにかしてくれると信じているから。

これだけ他人のことを考えられる人に王様になってほしい。

ルルなら、そう考える。

「うーん、王様になると責任が大きくなるからね。王位継承者だとまだいろいろできるけど、王様って立場だと、たとえば、ルルのことを頼まれたとしても警察に任せるしかなくなる。だったら、王族としてみんなを助ける方がぼくはいいかな」

ああ、そうか。王様だとだれか一人のために動くとかは無理なんだ。

「それに、ぼくじゃなくても、王位継承者になる人は人格とか見られてるよ。いまの王様だって、強くてやさしい。希代《きたい》の名君だって言われている。その前も、その前も、毎回、希代の名君って言われてるんだけどね。国が大きくて、経済的な心配もなくて、戦争が起こりそうもなくて、民の不満もそんなにないと、だいたい希代の名君になれる。ぼくは研究したり勉強したりが好きだから、正直、アルファっていう付加価値だけで王位継承者に選ばれたのは嬉しくなかったんだよね。でも、子供が多い方が次代の選択肢が増えるし、しょうがないか、って納得したら、アルファとしてポンコツだった。自分でも予想外すぎて笑っちゃった。いまごろは何十人も子供がいる予定だったのに」

「何十人！」

すごい。それだけの人たちと子作りしたってことだよね。いや、もっとかな。

元気だね…って、そういう問題でもないか。

「そう。何十人。人生って予定通りにいかないよね。そこがおもしろいんだけど。あ、そろそろ夕食かな？」

メイソンが時計を見た。

「ヒノモトの食事を出せなくてごめんね。この国の食べものは口にあう？」

「すごくおいしい！　パンってヒノモトにいるときは高級品で食べることがほとんどなかったから。小麦はうどんとかにしちゃうし、パンは嗜好品《しこうひん》なんだよ。だから、パンをたくさん食べられると、大金持ちになった気がする。ほかにもいろいろおいしいよ」

本当においしい。

「そっか。じゃあ、ゆっくり食べてね」

「…って、そんなふうにいくと思う？」

ルルはメイソンの手をがっちりつかんだ。

「覚えてた？」

「覚えてる。ヒノモトが沈む話を聞いてくれないと」

「どうしても話したい？」

「話したい。もしかして、メイソンは聞きたくない？」

だとしたら、無理に押しつけるのはまちがってる。

「聞きたい。聞きたいんだけど、わくわくしちゃってルルの悲しみを思いやってあげられなかったら、って思うと、こう、罪悪感がね…。ぼくは研究者だから、好奇心の方が勝《まさ》ってしまう気がするんだよ」

「いいよ」

メイソンのやさしさは、ちょっと本当に見たことがない。

たとえば、ルルがヒノモトの研究をしていて、目の前にヒノモトの最後を見た人がいて、その様子を話します、って言われたら、喜んで聞く。

祖国を亡くした人だ。同情もするだろう。自分の好奇心を優先することを申し訳なく思う気持ちもあるだろう。

だけど、それをうまく隠して、聞きたいことは聞くような気がする。

それはルルがずるいとか、ひどいとか、そういうことじゃなくて。いや、そういうことかもしれないけれど。

だれだって、自分が一番大事なんじゃないだろうか。

「メイソン、アルファとしてポンコツでよかったね」

「そうかなあ。ぼくはアルファとして立派に役割を果たしたかった…嘘だった。アルファとしての役割は特に果たしたくはないけれど、子供は欲しかったな。自分の子供はかわいいだろうな、って思う」

「無理に作らされた子供でも？」

「それは、その子になんの罪もないよね。もっと言ってしまえば、王位継承者だから子供を作りなさい、って押しつけた人も、王位継承者の子供なら産みたい、とはりきってやってきたオメガも、オメガじゃないベータも、みんな、何も悪くない。全員が、この国のためになることを最優先にしているだけだよ。だからね、ポンコツなのは悲しい。でも、王位継承者から外れるのはありがたい。複雑な心境なんだ」

「メイソン、やさしすぎるんだよ。みんなの気持ちなんて考えなくていい。メイソンが思うよりも人は強いし、メイソンがそれだけ親切にしても、みんな、自分のことを一番に考えるんだから。メイソンも自分のことを一番に考えてほしい。俺は心配だよ」

「十八歳に心配されるなんて！」

　メイソンがおおげさに驚くふり。

「十八歳でも、メイソンよりは人生経験がある気がする。一人で生きてきたんだし。その俺が言うことだよ。ちゃんと聞いて。みんな、メイソンが思うよりも自分勝手だから、メイソンももっと自分勝手になった方がいいよ」

「これは性格だからね。それに、ある程度は自分勝手だよ。じゃあ、ルルの話を聞かせてもらおうかな。自分勝手になって」

「うん、それがいいよ。っていっても、そんなに長くはない。フジが爆発して、ヒノモトが沈んだ。それだけ」

「え、フジって、あのフジ？」

「そう。あのフジ」

　噴火は何度かした…と思う。どうしよう、それすらも忘れている。でも、一度じゃなかった。最初の音がしたあと、デッキに出てフジから火が噴き出るのを見た。

「フジって死火山《しかざん》じゃなかったっけ？」

「休火山《きゅうかざん》だったと思う。っていうか、死火山とかよく知ってるね。俺、小学校のころ、一度、社会科で習ったぐらいだよ。それに、いまは死火山ってないんだって。どんな火山もまた活動する可能性があるから休火山。フジは二百年ちょっと前に大噴火をして、ヒノモトの地形がすべて変わってしまって、近くに住んでいた人はほとんど亡くなり、海外から来ていた人もみんな帰ってしまい、それを機に鎖国をした。そんなことを習ったよ」

　学校の勉強なんて何になるんだろう。早く働きたい。手に職をつけたい。そのためには社会科なんてどうでもいい。

　そんな傲慢なことを思っていた。子供すぎた。

　いまでもまだ大人にはなりきれていないとは思うけれど、どんな知識でも何かの役には立つのだということぐらいはわかってる。

「そう。たしか、そうだったと思う。二百年ちょっと前のフジの大噴火の数年後に鎖国したんだよね。鎖国前にヒノモトから出た人たちの子孫もいるんだろうけれど、黒い髪も黒い目も優性遺伝《せいいでん》ではないから、子孫に受け継がれるたびに薄くなっていっちゃうんだよね。ヒノモト以外の人と交わって、ルルの目の色は先祖がえりっていうのかな？　鎖国以前にヒノモトに入っていた遺伝子が出てきたんじゃないかな、とは思ってる」

「先祖がえりとか、よく知ってるね！」

意味は知っていても、そんな言葉使ったことがない。

「研究者だからね」

メイソンが得意そうだ。

「そっか。そうだよね。鎖国していない時期もあったんだし、そのときは外国の人たちがヒノモトに来たり、ヒノモトの人たちが外国に行ったりしてたんだ。じゃあ、俺には外国の血が混じってる？」

「そうかもしれないし、そうじゃないかもしれない。ぼくは、ただ、ルルの目がきれいだな、って思うだけだよ。とてもきれいな目。左右がちがってて、なんだかかっこいい。人とちがうっていいよね」

ヒノモトでは、ちがう、というのがいけないことだった。

だから、バケモノ、と呼ばれた。

メイソンは、ちがってかっこいい、と言ってくれる。

だからこそ、ここでの暮らしはルルに呼吸をさせてくれるのだ。これまで、ちゃんと息をしていなかった。ヒノモトではいつも息苦しかった。

自分の居場所がわからなかった。

ヒノモトがなくなってしまったことは悲しい。それは、心からの思い。

だけど、あの場所を出られてよかった。ここに来られてよかった。メイソンに出会えてよかった。

その思いの方が強い。

息ができるようになったから、ヒノモトでのことを許せるようになったのかもしれない。

「うん、いいよね」

自分の目のことを肯定《こうてい》できる。

そんな日が来るなんて思ってもみなかった。

この目をきれいだとメイソンが言ってくれるから、ルルも強くなれる。

本当に感謝しかない。

「フジのことに戻るとね、ポン、だったかもしれない」

「何が？」

「噴火したときの音。とにかく、とても軽い音。俺は船の中にいて、その音を聞いた。みんながざわめいていて、そのざわめきが不穏《ふおん》で、どうしたんだろう、ってデッキに行ったら、フジが噴火してたんだ。俺が見ているときにも、何度か噴火した」

「フジはそれまで火山活動をしてなかったんだよね？」

「そうだと思う」

ルルの住んでいたところはフジから遠く離れた地方都市だったから、フジの様子とかは知らない。でも、二百年以上、まったく火山活動をしてないと習った。

「それが急に？」

「そう。最後にすごく大きな噴火をして、ボン！　みたいに勢いよく火花…ちがう、えっと、なんか赤いのが出て…」

「マグマ？」

「あれ、マグマって言うんだ？」

「どうだろう。それは火山の専門家に聞いておくね」

うん、それがいい。メイソンも火山のことはよく知らないのだろう。

「煙と赤いのが一気に噴出して、そのまま、フジが沈んでいった。ヒノモトが沈んだのは見ていない。フジが沈んでいくところを見ていた。でも、フジが見えなくなったってことは…」

「それより標高が低いヒノモトが残っているわけないもんね」

「そう。だから、船の中はお通夜《つや》みたいな空気になって、みんな、船室にこもってだれも出てこなくなって、あんなににぎやかだった船の中が静かになった。それは、俺が船を降りるまで変わらなかったよ。これが、俺が見たヒノモトの消滅。よかった。メイソンに聞いてもらえて。もうね、忘れかけてた」

この国に来てから一ヶ月以上たっている。船に乗っていた時間を考えると、ヒノモトが沈んだのは一ヶ月半近く前。

それだけたつと、いくら衝撃的なできごとでも記憶は薄れていくものなんだ。

そのことを学んだ。

もっと早く言えばよかった。

「フジが噴火することは予想されていなかったんだよね。ヒノモトが沈む原因って、純粋な地《じ》盤沈下《ばんちんか》…でいいのかな？　以前からゆっくりと国ごと沈んでいってたんだよ。そのせいで、あと数年で、えーっと、断層《だんそう》…、土地がずれて…、国がまっぷたつになって…、こう割れて沈む、みたいな…むずかしい！」

メイソンが悔しそうだ。

「ぼくの国の言葉なら説明できるのに！」

「うん、でも、ちゃんとわかったよ。地盤沈下することでヒノモトにある断層がずれて、それが原因で大地震が起きて、土地がひび割れたり、ほかにもいろいろなことが起こって沈むっていうのは知ってる」

「知ってるんだ。よかった」

「さすがに、なんの根拠もないのに国を出たりしないよ、みんな。なぜ沈むのか、はちゃんと教えてもらった。政府だって、不確かな情報で船を出さないしね。フジが噴火して、だれもが予想しなかった事態になったのかな」

「そうだと思う。フジの噴火は知らなかったから、もういま、ものすごく興奮はしているんだけど、ルルにとっては故郷がなくなった原因だからね…」

　メイソンが申し訳なさそうにしている。

「だから、自分勝手になっていいんだってば！　そうか、フジの噴火はだれも知らないんだ？」

「そうだよ。なぜ消滅が早まったのか、世界中の科学者が仮説をいろいろ出している」

「あれ、あの船はまだ目的地に着いていない？」

　あの船に乗っていた人たちも、フジのことは知っている。

「どこに行く予定だったの？」

「えーっと、たしか…」

　地上の楽園。名前は…。

　あ、そうだ。

　ルルがその国の名前を告げると、メイソンが、ふんふん、とうなずいた。

「ここからだとかなり遠いし、船だと時間がかかるから、着くのはもうちょっとあとかもね」

「じゃあ、早く発表しないと！　負けちゃうよ！」

「勝ち負けじゃないよ！」

　メイソンがふきだす。

「こんな大事なことは、みんなで研究しないとね。それに、ぼく、火山は専門外だから、ちゃんと専門家にお願いしないと。あー、わくわくする…しない！」

「してもいいんだって！」

　メイソンはどこまでやさしいんだろう。

「いますぐ、いろんな人と連絡を取りたいんでしょ？　いいよ、どうぞ」

「でも！　ヒノモトが沈んで落ち込んでいるルルを置いていけないよ」

「落ち込んではいない。むしろ、話せてほっとした。あ、食事が来た！　おなか空いてるから、メイソン、出てって」

「いやだね。ぼくはルルを慰《なぐさ》めるんだ」

「だから、落ち込んでないって言ってるよ？」

「嘘だ。悲しそうだよ」

「悲しいのは悲しいけど、その悲しみは時間でしか癒《いや》せないよ。メイソンにどうにかできるものじゃない」

「できる！　ぼくならルルを慰められる！」

「無理だっての！」

「無理じゃない！」

「いいから、出てって！」

「いやだ！」

「出てけー！」

「いやだね！　絶対に出ていかない！」

そこまで言い合って、二人同時にふきだした。そのまま笑いつづける。

「すご…バカみた…」

「なんで…、ぼく、こんなに意地になって…」

「ホントだよ…。ほら、給仕《きゅうじ》の人が困ってるから…、ヒノモトの研究をして…」

「そうだね…。ちょっと、ぼくは…いろいろ連絡しないと…」

あー、おっかしー！　と言いながら、たくさん笑った。涙まで出てきた。

「ありがとう。メイソンのおかげで悲しくなくなった」

「ほら、慰められた」

「ちがうよ！」

「うん、わかってる」

また笑い合う。

「ありがとう。ぼくの研究がこれでまた進むよ」

「こちらこそ、聞いてくれてありがとう。だれかにあのときのことを話したかったんだ。それがメイソンの役に立つなら嬉しい」

「すごく役に立つよ。大丈夫？　無理してない？」

やっぱり、やさしい。

「うん、無理してない。おなかは空いてる」

「ああ、そうだった。食事の時間だね。じゃあ、また明日」

「うん、また明日」

メイソンは毎日、様子を見にきてくれる。この国の言葉も教えてくれる。

また明日。

そう言えることがとても嬉しい。

ひらひらと手を振って、メイソンが出ていった。給仕の人がルルの前に食事を並べてくれる。

「ありがとう」

そう告げると、にこっと笑ってくれた。

もっと話せるようになりたい。この人とも会話をしたい。

やりたいことがたくさんある。

それは、とても幸せなことだ。

5

「というわけで、これが過去のそのまた過去の言い方」

「むずかしい…」

過去のそのまた過去、それは大過去《だいかこ》と言うらしい。ヤマト言葉にはその言い方はない。

こんなに文法がちがうのに、メイソンはよくヤマト言葉をこんなに話せるようになったな、と自分が新しい言葉を学ぶたびに改めて尊敬する。

メイソンに拾われて、三ヶ月が過ぎようとしていた。ある程度なら会話もできるようになってきたし、小さな子供用の本を読んで文法の復習や新しい単語の勉強もしている。それでも、すべての会話を理解するにはほど遠い。メイソンいわく、三歳ぐらいまでの会話ならできる、とのこと。

言葉を学ぶことしかしていないのに、まだそのぐらいなんだ、とがっくりする。寝ている時間以外は、すべて勉強につぎ込んでいるのに。

いや、メイソンと話す時間もあるか。

でも、一日十二、三時間は勉強している。こんなに頭を使ったことはない。

話せるようになって、積極的に部屋から出るようにしている。これまでは、だれかと会ったらどうしよう、と不安だったのだ。

だけど、いまはだれかに会いたい。だれでもいいから、ちょっとした会話をしたい。

こんにちは、いいお天気ですね。

そうですね。

そんなあいさつをして、図書室に行って、子供用の本をどっさりと持ってきて、読む。知らない単語を書きだして、メイソンに聞いたり、もしくはお世話をしてくれる人たちに聞いたり。

これはどういう意味？

お世話係の女性たちにそう問いかけると、一生懸命ルルにでも理解できるような言葉を探して教えてくれる。わかるときもあるし、わからないときもある。

それでも、だれかと会話をすることはとても重要なことで、どんなに下手でも、わ、すごいですね、みたいにほめられると嬉しくなる。

ずっと勉強だけしていても煮詰まるし、運動不足にもなるので、お城の中を歩いている。さすがにまだ外には出ていない。外に出る方法もよくわからない。

お城の中を散歩してみてわかったのは、とにかく広いということ。三ヶ月たったいまでも、たまに迷う。歩いているうちに、自分がどこにいるのかわからなくなるのだ。一時間ぐらいは平気で歩けるし、ちょっと広い場所なら全力で走ることもできる。

お城の中にはたくさんの人がいて、お城の中心部みたいなところに行くといろいろな人に出会う。女性のお世話係は黒いワンピースに白いエプロンをつけていて、ルルは直接お世話になってはいないけれど男性のお世話係っぽい人は白いシャツに上下黒のスーツを着ている。だから、見分けやすい。

そのほかの人たちは服装もバラバラで、どういう関係の人だかまったくわからない。みんな、高級そうなドレスやスーツ姿で、このお城に住んでいる人なのか、それともお客様なのか、不明だ。

そうやって外に出るようになって、わかったことがある。

やっぱり、ルルの黒髪はめずらしいのだ。

すれちがう人が全員、ぎょっとしたような顔をしている。

「あれがヒノモトの…」

「ああ、おかしな…メイソンは…これだから…」

「ホントに。あんな…恐ろしい」

全部聞きとれるわけではないけれど、ルルの存在が好ましいものではないことはよく理解できる。

メイソンやお世話係の人たちが普通に接してくれて、黒髪も見慣れたのか特におかしな反応もされず、こんにちは、とあいさつしたら、笑顔で、こんにちは、と返してくれる。

それが当たり前じゃない。やっぱり、ルルは異質なのだ。

でも、言われているだけなのが悔しくて、そういうときはその人たちに近づいていって、大きな声で、こんにちは！　とあいさつをする。この国の言葉を話せないと思っていろいろ言っていた人たちはぎょっとして、後ろめたそうに去っていく。

こういうところ、気が強いなあ、と自分でも思う。

お城のえらい人たちが、ルルを追い出せ、と命令してきたらどうしよう、とあとから冷静に思ったりはするんだけど、そのときは悔しさと負けん気が勝つ。

いまのところ、追い出されてはいないのでよかった。

そうやって反抗的になるのもほどほどにしておこう。

「どう？」

「え、何が？」

唐突にそんなこと聞かれても。

「お城のあちこちに出没しては、こんにちは、って声をかけまくっているらしいね。どう、みんなの反応は」

まるでルルの考えていることを読んでいたかのように、そう言われた。メイソンにはそういうところがある。

もしかしたら、本当に考えが読めるのかもしれない、と疑うこともある。

ただの偶然か、それとも、ルルの表情に出ている何かを読んでいるのか、だとは思うけど。

「苦情がきたの？」

やっぱり、やめておけばよかった。

「苦情ではないかな。たぶん、ルルに声をかけられてびっくりしたんだろうけど、いろんな人から、あの子はどのくらいこの国の言葉を話せるのか、とは聞かれた。ぼくが国王に、ルルをこのお城に住まわせます、と報告したときは、ヤマト言葉以外は一切話せない、と言っていたからね」

「え、報告したの？」

「もちろん。いくら王位継承者とはいえ、お城に勝手にだれかを住まわせるわけにはいかないよ。危ない人とか怪しい人とか犯罪者だったりしたら困るからね。この中には、たくさんの高価なものがあるんだよ。無造作にそのあたりに置いてあるから盗み放題。以前、ボロボロの服を着て、ガリガリに痩《や》せていて、食べ物をいただけませんか、って言ってきた男を親切心で中に入れたら、持てるだけのものを持って逃げていった。あとから調べたら、盗みの常習犯だったんだってさ」

「すごい怒られた？」

でも、それは犯罪者が悪いよね。入れてあげたくなるのはしょうがない。

「ぼくじゃないよ、入れたのは。王族は施《ほどこ》すべし、っていうのが根底にあるから、困っている人はだれでも入れてあげる。それを利用する犯罪者もいるからね。つかまえたときはガリガリじゃなかったらしい。お城に堂々と入るためだけにそこまで痩せるんだ、って、みんなで驚いたものだよ。それ以降も困っている人がきたら入れてあげるけど、その前に調べるようにはなった。ルルに関しては、黒髪であることを見せたらそれだけでよかったよ。あ、写真だからね。ルルが寝てるときにだれかを部屋に入れたりはしてない。安心して」

「いや、別に入れてもいいよ」

だって、置いてもらっている身分なんだし。ルルの素性《すじょう》をたしかめるのは当然のこと。

「だめでしょ。ぼくだって、寝ているところをだれかに見られたくはないよ」

「メイソンは調べられるような人じゃないし。王位継承者だよね、まだ」

「そう、まだ、ね。さすがにいったん決めた王位継承者を覆《くつがえ》すのは大変みたいで、その上、毎日会議をして決めよう、みたいな熱心さもないから、宙ぶらりんな状態。そろそろ王妃候補とお見合いを始める時期なのに、王妃になりたい人も困るよね」

「王妃候補…」

そうか。王様になるんだったら王妃がいる。

メイソンが結婚する。

ざわり、とした。

なんなんだろう、この感覚。

「ぼくが優秀なアルファだったら、ベータの王妃でもいくらでも子供がつくれるし、なんの問題もない。でも、ベータ相手だと妊娠させられない、って断言されちゃってるからね。もちろん、王妃に子供がいなくてもいいんだよ。ぼくだって、正妻《せいさい》の子供ではないんだから。でも、正妻以外にも子供ができないとなると、それは大問題。子供がつくれないアルファの王様のお妃《きさき》になりたい人なんているのかね」

「いるんじゃない？」

王妃だよ、王妃。この国で一番えらい人の奥さん。

子供ができなくてもなりたい人はたくさんいるだろう。

「そっか、いるか。うん、いるね」

メイソンが納得した。

「ぼくの妻になりたい人がいるとしても、子供ができない方はなにも解決しない。きっと近いうちに、王位継承者が替わるんじゃない？　ぼくとしては、早く自由になりたいよ。医者の助言もあって、いまは子作りを免除されているけれど、王位継承者が正式に交代しなかったら、また子作りをさせられそう。できないのに」

ざわり、ざわり。

足と手の先が温かくなってきた。

温かいというか、熱い…？

「さて、ぼくはそろそろお暇《いとま》するよ」

「お暇とか、本当によく知ってるね」

ルルは使ったことすらない。だれかの家にお邪魔することがないから、というのもあるけど、たとえお邪魔しても言わない。

「これまで勉強してきた分をすべて出そうと思って。ルルがこの国の言葉を覚えてしまうと、こうやってヤマト言葉で会話することも少なくなりそうだからね」

「え、どうして？」

メイソンとはヤマト言葉で話したい。

「俺もヤマト言葉を忘れたくはないし、メイソンとしか話せないんだから、メイソンとはヤマト言葉を使って話すつもりなんだけど」

「本当？」

メイソンの顔がぱっと明るくなった。

「それだったら嬉しい。その国の言葉を覚えると、それを使って話したくなるし、ぼくが一番訂正してあげやすいから、この国の言葉を使うのかと思ってた」

なるほど。たしかに、ルルがまちがったときにヤマト言葉で訂正してくれるのはメイソンしかいない。

「あ、よけいなこと言っちゃった。ルルが悩んでる」

「いや！」

ルルは、ぶんぶん、と首を振った。

「まちがうことも大事だし、それちがうよ、って指摘されやすい関係をメイソン以外とも築かなきゃならないし、いつまでもメイソンに頼っていられない。だから、俺は自分でなんとかする。メイソンとはヤマト言葉で話すよ。それで決まり」

「ルルって予想外でおもしろいね」

メイソンがルルの髪をなでる。

「そういえば、髪の毛どうする？」

あれから三ヶ月。もっと髪が伸びた。さらさらストレートで肩先まであるので、一見、女の子みたいになっている。

「メイソン、切ってよ」

「絶対にいやだ！」

何度頼んでも、おんなじ答え。やさしいメイソンが頑《がん》として譲らない。

「こんなきれいな黒髪をおかしな風にしたら困る。絶対に切らない」

「おかしくなっても、また伸びるから」

「いやだよ！　ぼくのせいでルルが変な髪に…、ってルルを見るたびに落ち込むのはごめんだからね」

「じゃあ、自分で切ろうかな」

ヒノモトにいたときは、自分で切っていた。散髪《さんぱつ》するお金がもったいなくて。

「それもだめ。うちには優秀な美容師も理容師もいるから、そこに行って切ってもらえばいいのに。どうして、いやなの？」

「髪を切るのに、そんな時間をかけたくない」

「話しかけてくれるし、会話の勉強になるよ」

なるほど。それはたしかに。

美容師でも理容師でも、新しく会う人たちだ。

「切るだけ？」

「そう、切るだけ。ささっとね。髪の毛洗って、切ってくれる」

「洗うのか……」

それはめんどくさい。

「洗わないと切りづらくない？」

「ここで洗って、タオル巻いてそこに行くのは？」

「まあ、それでもいいかも。聞いておくよ。それでよかったら、うちの美容師にまかせる？」

「美容師と理容師ってどうちがうの？」

「ぼくもよくわからないけれど、本人たちが、美容師です、理容師です、って名乗ってるから、何かちがうんじゃないかな」

「どっちがおすすめ？」

「どっちも上手だよ。でも、長い髪を切ってかわいくするのは美容師がいいかな。理容師はさっぱりさせてくれる」

「理容師！」

かわいくなんてしてくれなくていい。

「えー、ルルは美容師向けだよ。こんなにかわいいのに」

「かわいくなくていいよ。さっぱりしたい」

髪が邪魔にならないぐらい、ばっさり切ってほしい。

「じゃあ、理容師か…。予約取れたら、また教えるね」

「予約？」

お城の中で？

「お城にはたくさんの人が暮らしていて、その人たちも髪を切るんだよ。もちろん、予約しないと無理」

お城ってひとつの街みたいなものなのか。

「じゃあ、また明日」

「うん、またね」

メイソンが立ち上がって、バイバイ、って手を振った。

寂しいな。

なぜか、そう思った。

いつもは思わないのに、なぜか。

その瞬間、体の奥から、ぶわっ、と何かがわきあがってくる。

これは…。

「ヒート!」

先に気づいたのはメイソンだった。

「嘘だ…、だって、まだ三ヶ月…、ルル、薬…っ…!」

「ない…っ…」

もらった分すべてを飲み終えて、薬をやめた。薬はそんなに長くはもたないし、つぎはヒートが起こる予想日の少し前ぐらいにもらうことになっている。

いまでも二週間に一度、医者の検診を受けているが、いまのところ、特に何もない。オメガの特徴であるフェロモンも、ヒート中じゃなければごくごくわずかしか出ていないらしい。

それが痩せすぎているからかどうか、それもよくわかっていない。

少しずつお肉がついてきてはいるけれど、まだ標準体重までは遠い。小食な上に活動的だから、きれいにカロリーを消費してしまっているようだ。

おやつなどでカロリーを上乗せしてください、とは言われているけれど、勉強していると食べることを忘れてしまう。

つぎにヒートが起こることはないかもしれません、とも言われていた。

あまりにもフェロモンが少なすぎる、これがたまるのに十八年かかったのかも、と分析されてもいた。

だから、油断していた。

「医者を…呼んで…」

「メイソン…」

ルルはメイソンの腕をつかむ。

「なんか…ちがう…っ…」

「…ぼくも思った…。前回と…全然ちがう…」

メイソンの目も熱を帯びている。

「熱い…っ…」

「体が…?」

「わかんな…っ…。メイソン…怖い…どうにか…して…っ…」

薬でどうにかなるのか、それすらもわからない。

本当にまったくちがう。

「うわ…やばい…。ぼくも…とまらない…っ…かも…っ…」

前回みたいに、メイソンが甘そうでおいしそう、とかじゃない。むせかえるような甘みがひっきりなしに襲ってくるような感覚。

これは…何…？

つかんだメイソンの腕をあげて、指をかぷっと噛んだ。

その瞬間、理性がふっとぶ。

これが欲しい。

それしか頭にない。

これ、が指なのか、それとももっとちがうものなのか、よくわからない。

とにかく、メイソンの何かが欲しい。

かぷっ、かぷっ、と指を噛んだら、全身がもっと熱くなってきた。

「や…ば…」

メイソンがそうつぶやく。

その吐息が甘そうで。

ルルはそこに吸いついた。

もうとまらない。

おたがいに、そうわかっていた。

「ん…っ…ふ…ぅ…っ…」

唇が離れて、ようやく息をつく。夢中で舌を絡めあって、吸いあった。

体の熱は上がる一方で、まったく収まらない。

洋服を脱いで、座っているメイソンの上に乗った。ベッドに移動する時間すらもったいない。

メイソンも洋服を脱いで待ってくれていた。

あれが欲しい。

中に欲しい。

メイソンの屹立するペニスを手で触って、それを入り口に当てた。ずぶり、と音をさせながら自分でのみこむ。

「あぁ…っ…！」

メイソンにしがみついて、みずから腰を振った。じゅぷ、じゅぷ、と音がする。

もう濡れてる。

そのことが恥ずかしいとも思わなくなっていた。

楽に受け入れられて嬉しい。

満たされて幸せ。

「すご…っ…」

メイソンがルルの腰に手を置く。

「中、ぬるぬるだね…」

「うん…」

ずるり、と抜ける直前まで腰を上げて、すとん、と落とした。

「ひゃ…ぁ…っ…ん…」

一気に貫かれる感覚が気持ちいい。

「ぼくもする」

メイソンが、ズン、と下から上へ突き上げた。内壁を擦られて、ルルの体がのけぞる。

「ひ…っ…ん…」

メイソンに動かれると、快感が強くなる。

「ちょっと腰を上げて？」

ルルは言われたとおりにした。抜ける寸前までいったところで、ストップ、と指示される。

止まったら、どうなるんだろう？

ルルは不思議に思いながらも、メイソンのペニスの先端だけを残したところで動きを止めた。

「奥も気持ちいいんだろうけど、入り口もいいと思うんだよね」

メイソンがにこっと笑って、小刻みに腰を動かす。

ぬぷぬぷぬぷぬぷ。

入り口部分を出たり入ったりするペニスに、ルルの腰が落ちそうになった。

だって、気持ちいい……。

「だめ。そこで止まってて」

「無理…っ…あぁ…ん…はぅ…っ…」

ぐるり、とメイソンが腰を回して、入り口全体を刺激する。ルルはメイソンの肩に手を置いて、どうにかその位置を保とうとするのだけれど、あまりの快感に足も腰もふんばれない。

「もっ…座りた…っ…」

「だーめ」

メイソンがとっても楽しそうだ。

「ルルの気持ちいいところをすべて知りたいから、もうちょっとがんばって」

「できな…っ…ひゃ…ぅ…」

ルルはメイソンにぎゅっとしがみついて、どうにか足が崩れないように体重を支えた。軽くてよかった。もうちょっと重かったら、自分の体重に負けていた。

「どっちがいい？」

ぬぷぬぷと抜き差しされる。

ぐるぐると回される。

「わかんな…っ…」

どっちも気持ちがいい。

どっちなんて決められない。

「んー、じゃあ、交互にしてあげるね」

ぬぷぬぷ、ぐるぐる。ぬぷぬぷ、ぐるぐる。

入り口付近が熱くなって、足が、がくん、となった。なのに、メイソンがルルの腰を強く持って、座ることを許してくれない。

「も…っ…無理…だって…あっ…ふぇ…っ…やっ…あっ…！」

メイソンの片手が腰から離れて、入り口に触れる。襞《ひだ》をなぞられて、ひくひく、とそこが震えた。

「だめ…っ…あっ…だめ…もっ…あぁぁ…っ…！」

ぶわっ、と体中に鳥肌が立ったようになって、ルルの先端から透明な液体がふきだす。体の力も抜けて、ずるずると座りこんだ。

そうやって、メイソンのペニスをもっと奥まで受け入れてしまう。

あ…、また気持ちいい…っ…。

「反対側を向いてみようか」

ペニスを入れたまま、ぐるり、と体の向きを逆にされた。内壁をこれまでとはまったくちがうふうに擦られる。

それだけで、イクかと思った。

そのぐらい気持ちよかった。

「……っ……」

こんなに短時間にイクのは、と思って我慢したのだ。唇を噛んだせいで、小さな吐息がこぼれる。

「我慢しなくてよかったのに」

何もかもを見抜いているかのようなメイソンに、やっぱり驚く。

どうしてわかるんだろう。

「ルルの中が、びくびくっ、てすごい震えたからイクかと思った。イキそうだったでしょ？」

あ、よかった。理由があったんだ。

本当に心を読めるんだったらどうしよう、と思っていた。

そんなはずはないよね。

「さて、と」

メイソンの両手がルルの胸に当てられる。

「ここも好きなんだもんね」

うん、とはうなずきたくない。だからといって、嘘もつきたくない。

答えないことでごまかす。

むにゅり、と揉まれて、こんなに薄い胸でもどうにか揉めるんだな、と感心した。たしか、最初のときも似たようなことを考えた気がする。

あのときよりは体に肉はついたけど、それでもやせっぽっちなのは変わらない。

そして、そんな薄い胸なのに、揉まれると気持ちよくなる自分にも驚く。

「ふぁ…っ…」

乳首をつままれて、そのまま左右に回された。乳首に芯が入ったように硬くなって、つん、と突き出す。

されていることが全部見えて、自分の乳首がどうなっているのかもわかる。

それは、さすがに恥ずかしい。

乳首をいじられるよりももっとすごいこともされているのに。

あ、そっちは見えないからか。見えたら、やっぱり恥ずかしいんだと思う。

乳首を引っ張られて、急に指を離された。乳首がふるふると震えながら、もとの位置に戻る。

また引っ張られて、離されて。もう一度、そして、もう一度。

そうされるごとに、乳首がどんどんとがっていく。ぺたんこの胸の中央で、乳首だけが、つん、と勢いよく突き出している。

いやらしい。

自分でもそう思う。

「いいね」

メイソンが満足そうだ。

「この乳首がいやらしくて好きだよ」

乳首を、ピン、と弾かれて、ふるり、と震える。ルルの胸の奥の方が強い快感にさらされた。

「こっちもほっといたらだめだね」

メイソンがルルの奥を突く。

「ルルも動いて？」

ルルは腰を浮かそうとするけれど、支えるものが何もなくて怖い。だって、このまま抜けたら、目の前のテーブルに突っ込んでしまう。

「無理？」

「無理…っ…」

「そうか。そっち向きだと大変なんだね。この体勢は乳首もいじれていいんだけど、ルルが動けないのか。まあ、それでもいいか。しばらく乳首だけいじればいいし」

メイソンはその言葉どおり、乳首をいじりつづけた。

何度も指で弾かれる。指で挟まれて揺らされる。下から上に指で押し上げられて、ぱっと離される。上下に揺れながら止まるまでを肩ごしにじっと見られる。

どうやら、乳首が動いているのを見るのが好きらしい。

「何か考えてる？」

メイソンがルルの顔をのぞきこんだ。

「乳首…動いてるのが…好き…？」

「ばれた？」

メイソンが笑う。

「なんか、好きなんだよね。っていうか、ルルの乳首の形が好きで、好きな形の乳首が揺れてるのが見たい…、何を真面目に語ってるんだろう」

「嬉しい…よ…？」

だって、乳首も気持ちよくしてもらっている。

「メイソンの好きな形でよかった」

「うん、ぼくもルルの乳首がその形でよかった。だって、いじってると楽しいもん。でも、別に好きな形じゃなくても、乳首は好きだからいじるけどね。好きな形だと嬉しいよね、ってだけ。今日はしゃべってても、あんまり甘さが薄れないね」

「二回目だから…？」

不安定じゃなくなったんだろうか。

「そうだ。その二回目の周期についても医者に聞かないと。いまは、そうだね」

乳首から手を離して、メイソンはルルの腰を抱いた。

「ちょっと動きたいから、体勢を変えるよ」

少し体が浮く。

「え…っ…？」

「大丈夫。怖いことはしない」

気づいたら、ソファにうつぶせになっていた。メイソンのペニスは後ろから入ったまま。

「すごい…器用だね…」

どうされたのかは、よくわからない。

「まあね」

メイソンは得意そうだ。それがなぜか、かわいい、と思う。

年上の人にそんなことを思う日が来るなんて。

「じゃあ、いくよ」

ぬるり、とペニスが抜かれた。入り口が閉じるのを狙ったかのように、そこをこじ開けられる。

「あぁ…っ…ん…っ…！」

入り口が気持ちいい。だから、そうされるとすごくいい。

前回よりも気持ちいいが増えてしまっている。

ずぶり、と奥まで貫かれて、そこを何度かつつかれた。

それも好き。

「ひ…ぃ…ん…」

大きく腰を動かされたり、小刻みにつつかれたり、ペニスを回されたり。不規則にいろいろされて、ルルは自分でも腰を揺すりながらまた頂点へ向かわされる。

「ふぇ…っ…はぁ…ん…あっ…もっ…！」

「ぼくも…イク…」

ズン！　と一気に奥まで貫かれて、ルルはまた放った。ほぼ同時にメイソンが中に注ぎ込む。

「ベッドに行こう…。ソファだと狭い」

「うん…」

終わった瞬間は、もう、これでしなくてもいいかな、と思った。

だけど、またすぐに熱が戻ってくる。

これがヒートなのだ。

自分ではどうにもできない。

メイソンは産ませられないし、ルルは産めない。

それなのに、セックスのことしか考えられない。

大変だな、とまるでひとごとのように思う。

どうしたらいいんだろう。

半年に一度のはずのヒートが不定期にやってくるのだとしたら、自分はいったいどうすればいいんだろう。

わからない。

わからないけれど、いまは満たされたい。

メイソンに。

何度でも。


「結論から言います」

医者が深刻な表情だ。さすがにまだすべての言葉はわからないので、メイソンに通訳をしてもらっている。

「おふたりは番《つがい》だということが判明しまし…はあ?」

メイソンの目が大きく見開かれた。

「どういうこと?」

「つまり…」

メイソンと医者が何か話しているけれど、うん、だめだ、まったくわからない。二人ともすごく早口だし。

「メイソン、俺、全然わかんないんだけど！」

「あとから説明するから、ちょっと待って」

どうやら、メイソンはすごく焦っているらしい。それでも、ルルにはやわらかい声で話してくれる。

そういうところがやさしいよね、とこの何ヶ月かずっと思っていることを、また思う。

メイソンは本当にやさしい。

メイソンが何かを質問して、医者が答える。それが何度も何度もつづいている。医学用語なのか、それとも、アルファだのオメガだのに関する専門用語なのか、とにかく、単語がまったくわからない。たまにわかるものも含まれているけれど、それだけを取り出しても意味が通じない。

だから、とか、それで、とか、そんなものばかりだ。

「んー、んー、んー…」

これはヤマト言葉なのか、それとも、この国の言葉なのか。この国の言葉はローレル語と呼ばれている。ローラン国ができる前からの言葉で、近隣の国も似たような言葉を使っているとのこと。まったくおなじではないけれど、ローレル語が話せれば、どれも系統は似ているので通じるという。

それはヤマト言葉でいう方言みたいなものだろうか。

そう聞こうとしたら、方言にあたるのかな、と先に言われて驚いた。まさか、方言まで知っているとは思わなかった。

メイソンは本当にすごい。よく考えたら、ルルと五歳しかちがわないのに、そして、公務とかあって忙しいのに、ヒノモトの研究者として有名で、ヤマト言葉もペラペラで、ほかのたくさんのことも勉強している。

ルルのローレル語の進捗《しんちょく》状況を考えたら、尊敬以外、何もできない。

一年ぐらいでペラペラになれるといいな。そこまでペラペラじゃなくても、働くことはできるだろう。あと数ヶ月たって小学生レベルになれたら、どこかで働かせてもらおうと思っている。ルルは小学生から働いてきた。見かけも幼く見えるのならば、少しぐらい言葉がつたなくても許してもらえるかもしれない。

とにかく、早く盗んだ物のお金を返したい。

「ルル、あのね」

あ、どうやら、説明できるようになったらしい。

「アルファとオメガには運命の番っていうのがあるんだよ」

「運命の番？」

なんだ、それ。

「全員にいるわけじゃなくて、ごくマレにいる。アルファもオメガも生殖しないといけないから、そんなのがたくさんいたら困るからね。アルファとオメガの中の突然変異。アルファとオメガがもとから突然変異なのに、その中でも突然変異。最近は運命の番そのものがまったく存在していなくて、医者の間ですら、都市伝説なんじゃないか、って言われてるらしい。そんな運命の番」

「え、待って。すっごい、いやな予感がするんだけど」

なんだろう。運命とか、番とか、言葉だけなら別になんでもないのに、メイソンの表情も声も沈んでいるからか、悪いふうにしかとらえられない。

「それって、聞かなきゃだめ？」

聞かないですむなら、聞かずにいたい。

「聞いた方がいいと思う。たぶんね。悪い話ではないんだよ。だからといって、ルルにとってはいい話ではないかも。うーん、どうだろう…」

メイソンが悩んでいる。

「わかった！　聞かない！」

たぶん、聞かなくても平気…だといいな。

「いや、だめだよ、やっぱり。説明しないっていうのはない。とりあえず、番について説明するね。番っていうのは、アルファが、この子だけ、って決めたオメガと生涯をともにすること」

「え？」

　生殖行為のためにいるのに？

「ある程度、産ませたり産んだりしたアルファとオメガは引退していいんだよ。そのときに、この人を番にします、って届けみたいなのを出せば簡単に受理される。あとはアルファがオメガの首元を噛むだけ。軽くじゃなくて、血が出るぐらいにね。そうしたら、そのオメガは噛んだアルファのもので、ほかの人たちは手を出せない」

「あ！」

　思い出した！

「最初のとき、ぼくはうかつに噛めないけど、って言ったの、それだったんだ」

「よく覚えてるね。ぼく、言ったことすら忘れてたよ」

　メイソンが感心している。

「おかしなこと言うな、って思ったから。どうして噛めないんだろうな、って不思議だったんだよね。なるほど、番か」

「そう。届けを出すのは、まだ人口が増えてないころ、勝手に番になるアルファとオメガがたくさんいて困ったから、なんだって。いまは、別にアルファとオメガが子供を増やさなくてもいいし、むしろ、増やすな、みたいな空気にもなってるから、勝手に番になってくれればいい、見て見ぬふりをしよう、らしい。アルファとオメガが固定だと、平均で四、五人ぐらいしか産めないんだって」

「それでも多いよね？」

ヒノモトでは子供がいない夫婦も多かったし、三人いたら、兄弟が多い、という認識だった。四人とか五人とかは見たことがない。

ヒノモトが沈まなくても、鎖国をつづけているかぎり、いつか少子化で絶滅すると言われていた。

とはいえ、絶滅するのなんて何千年も先のことだ。その前にヒノモトの上の人たちが、さすがにこのままではまずい、となって、鎖国をといていたかもしれない。よその国から人を受け入れれば、人口は増える。絶滅を免れる。

沈まなければ未来はあった。

ちゃんとあった。

やっぱり、さびしいし悲しい。

「うん、平均だから多いよ。生まれた子がアルファでもオメガでも大変だから、産まないでいよう、っていう人たちもたくさんいるからね。産む人たちは十人以上産んでる」

「すごい！」

「ね、すごいよね。楽しそう」

「楽しそう？」

そうなんだろうか。

「だって、家族がいっぱいだよ」

ああ、そうか。メイソンは幸せな家庭に育ったから、家族がいっぱいなのが楽しいんだ。ルルは親も知らないし、家族がどんなのかも知らない。

だから、多いと楽しいとかもわからない。

「あ、そっか…」

メイソンがちょっと痛いみたいな表情になった。

「ルルは楽しくないね」

「楽しいか楽しくないかすら判断できない。でも、俺のことは気にしなくていいよ。噛んだら番になるってことだよね？」

重要なのはそっちの方。

「首元を、ね。はじめのころはそれすらわかっていなくて、興奮して首元を噛んだら、それ以降、その相手しか受けつけなくなるアルファとオメガが増えて、なるほど、そういうシステム…メカニズム、まあ、そんな感じのものがあるんだ、って研究結果が出たのかな？　いままではみんなが知っていることだけど、初期の人たちは大変だっただろうね」

「そっか。なんにもわからないところから研究が始まったんだ」

いま、いろいろわかっていることがすごい。

「だって、何百年とか前に始まったから…もっと前かな？　千年はたってないはず。ヒノモトでは本当に習ってない？」

「俺は小学校しか行ってないから、もしかしたら、そのあとで習うかもしれないけれど、俺は一回も聞いたことない。たまーに、すっごい子だくさんの家族とかいたから、その人はアルファかオメガだったのかもね」

　大家族はとてもめずらしいから、各地の大家族は定期的にニュースになっていた。でも、アルファとかオメガとか、そういうのは聞いたことがない。

「鎖国したときにアルファとオメガもいなくなったとか？　たまに突然変異で生まれてくるぐらいで。俺には全然わかんないけど」

「そうなんだよね。わかんないよね、もう。ヒノモトを昔から知っている人たちにも話を聞きたかったたな」

　メイソンがとても残念そう。

「老いた人たちは、沈まない方に賭ける、とかで結構ヒノモトに残ってたよ。たとえ沈んでも故郷で死にたい、とかもあったのかな。だから、もうそんなにいないかも」

　ルルが乗った船も老人と呼ばれる年齢の人は見かけなかった。

「そっか」

　メイソンはますます残念そうな表情になった。

「どうにかしてヒノモトに行けばよかった、って思ってる。いつか行ける、って夢見てるんじゃなくてね。あ、ちがうよ！　番の話」

「番はわかったよ。メイソンが俺の首元を噛まなきゃいいんでしょ？」

「それは、普通の番ね。運命の番っていうのは、生まれたときから番の相手が決まってるんだよ。で、ぼくとルルが運命の番なんだって」

「はあああああああああ？」

さっきのメイソンよりも、よっぽど大きな声が出た。

「メイソンと俺が？」

「そう」

「この国に住んでるメイソンと、ヒノモトに住んでた俺が？」

「そう」

「出会わないのに？」

「そうなんだよね」

メイソンが、うん、とうなずく。

「運命の番ってね、年齢差とかもあったり、あとはぼくとルルみたいに普通なら絶対に出会わないところに住んでたりとかで、いないっていうか、見つかってない場合が多いらしい。で、運命の番は、その相手としか子供を作れないから、ぼくがどんなにがんばっても子供ができなかったのはそういう理由みたい」

「はあ」

「なにそれ！」

メイソンがふきだした。

「すっごくマヌケな返事だったよ」

「いや、だって…」

こんなの、どう返事をすればいいんだろう。

「えっと、つまり…」

ん？　つまりは。

「俺はメイソンとしか子供を作れないってこと⁉」

運命の番なんだから。

「そういうこと」

「作れるの…？」

「それはわからないんだって」

メイソンが肩をすくめる。

「たくさん検査したでしょ？」

「した。すっごいした」

　メイソンと気絶するまでセックスをしたあとで、こんなに早くヒートが起こるなんておかしい、ということで、またもや医者チームにいろいろ検査された。抑制剤を飲むのはもちろん、念には念を入れて、と点滴の抑制剤まで追加された。そのあと、ヒートは起きていない。

　すべての結果が出るまで二週間かかると言われて、今日がその二週間目。

　まさか、こんな話になるとは。

「ぼくもされたんだよ。ルルがぼくといるとヒートが起こるから。それで、調べた結果、どうやら、運命の番らしい、と。資料にある血液の何かがどうとかでなんとかだって」

「全然わかんないよ！」

　何かがどうとかでなんとか、って！

「だって、ぼくもよくわかってないんだよ。血液学は門外漢《もんがいかん》だから」

「門外漢とか本当によく知ってるね。俺なんて、一生使うことないよ。

「俺たちが運命の番なのはたしかなの？」

「それもわからない。そもそも、運命の番というものをだれも見たことがないらしい。でも、運命の番なら妊娠するから、それで判断できるって。だから、ルルが太るの待ちです、ってさ。どうする？」

「は？」

　ルルはびっくりしてメイソンを見た。

どうする、って何が?

「太って妊娠してみる?」

「やだよ!」

どうして、妊娠しなきゃいけないんだ。これから言葉を覚えて、この国で働いて、お金を稼いで、がんばって一人で生きていこうと思ってるのに。

「それは、ぼくの子供を妊娠するのがいやってこと?」

「メイソンの子供…」

メイソンの子供か。

かわいいんだろうな。顔がきれいで、素直で、愛らしくて。

メイソンの子供を妊娠するのがいやかどうか…。

うーん…。

「それはいやじゃない」

そう答えて、はっとする。

ちがう!

その答えは絶対にダメ!

「あ、そうなんだ。よかった」

メイソンが嬉しそうだ。

そういえば、子供が欲しい、って言ってた。

「逆に聞くけど、メイソンは俺に子供を産んでほしい？」

「もちろん」

「はー⁉」

どうして！

あ、わかった！

「俺にしか産めないから？」

「ちがうよ。ルルだから、だよ」

「ヒノモトの民だからだ！」

そうだよ。そっちだよ！

わかるよ、わかる。自分が生涯かけて研究したいところの住民との間に子供ができるなら嬉しいもんね。

「あ、そっか！　ルルがぼくの子供を産むとヒノモトの遺伝子がつながるんだ！」

…あれ、ちがった。

言われて気づいたのか、メイソンの目が急にキラキラし始めた。

「でも、ちがうよ。そんなこと考えてたら、最初にルルがヒートになったときに、あんなに逃げようとしない」

「そうだね…」

そういえばそうだった。メイソンは最初はする気がなかったのだ。

これまで子供ができなかったとはいえ、もしかしたら、というのもある。ヒノモトの民との子供が目的なら、あのときに張り切っていただろう。

「じゃあ、どうして？」

「ぼくはね、これまでルルと一緒にいて、ルルといろいろ話して、この子ならいいな、って思った。王位継承者じゃなくなって、結婚しなくてもよくなったら、ルルと一緒に老後まで楽しく暮らせるといいな、って。ヒノモトのことを教えてもらって、この国のことを教えてあげて、ルルが外で働きたいといえばどこか紹介して、どんどん見聞が広がっていくルルを見守って、そういう関係ってよくない？　恋人とかじゃなくて、いや、ルルがいいなら恋人でもいいんだけど、おたがいに高めあえる関係。ルルはそうじゃない？」

メイソンの話を聞いていくうちに、あ、それはいいな、と思った。

早く言葉を覚えて一人で生きていく。

そう考えていたけれど、なぜか、このお城を出ることはあんまり想定していなかった。

メイソンはいてくれて、部屋はもっと小さくなるけど、このお城にいるんだ、と。

「恋人でもいいの？」

なぜか、そう言葉がこぼれた。

「恋人になりたい？」

「わかんない。でも、メイソンと一緒にはいたい。ここに住ませてもらうし、家賃は払うし、働くし、自分で生きていくけど、一人で、じゃない。メイソンがいてくれたら嬉しい」

はじめて、こんな感情を抱いた。

だれかと一緒に生きていく。

それを心地いいと思えた。

「じゃあ、それはゆっくりと考えていって、子供のことなんてまだまだ先だから、いったん置いといて、運命の番かどうかもほっといて、ぼくの生涯の友達になってくれる？」

「本当に俺でいいの？　ヒノモトの民だっていう魔法がかかってるだけかもよ」

「だとしても、ぼくはルルがいいんだよ。ルルは、どうしてぼくがいいの？」

どうして？

そんなの簡単だ。

「顔がきれい。やさしい。自分のことより他人を優先する。そういう人、いままで見たことがない。だから、メイソンがいい。メイソンは？」

ヒノモトの民じゃないルルって、魅力がある？

「一生懸命生きてきて、自分でどうにかする力があって、とにかく強い。心が強い。ぼく、そこが一番好きなんだよね。へこたれない。言葉を覚えるのも一生懸命。あ、そうだ、一生懸命なところがいい。ぼくも自分のやりたいことに全力で取り組むから、そこは似てる。空いている時間をすべて使って勉強してる。そこもいい。ほら、いいところばっかりだよ」

「そのうち悪いところが見えるよ」

出会って、まだ半年もたっていない。

「ぼくだって悪いところはある。それがあったとしても、話し合って、譲り合って、どうにかすればいいよ。全部がいい人って怖くない？」

「怖い！」

何か裏がありそう。

「ね。だから、悪いところが見つかったら、その都度《つど》どうにかしよう。それでどう？」

「うん、いいと思う」

「じゃあ、握手」

メイソンが手を差し出した。ルルはそれをぎゅっと握る。

「生涯の友に！」

「生涯の友に…？」

本当にルルでいいんだろうか。

「疑問にしない。言い切って」

そんなルルの悩みをふっきるぐらい、メイソンが明るく言ってくれる。

やっぱりやさしい。

そして、そんなメイソンと友達でいたい。

だから。

「生涯の友に」

がんばって、大きな声で告げた。

まだ気恥ずかしい。でも嬉しい。

気づいたら、医者がいなくなっていた。つきあいきれない、と思ったのだろう。

「ルルに会えてよかった」

「うん、俺もメイソンに会えてよかった」

幸せだ、と思った。

生きてきていまが一番幸せだ、と。

こんな日々がつづけばいい、と。

ただ、そう思っていた。

6

「どうして！」

「無理なんです」

「大丈夫だよ！」

「いや、だから、無理なんですってば。うまくできません」

「うまくなくてもいいよ！　とにかく染めてほしい」

「うまくできないものをやるなんてプロとしてお断りです。でも、ほら、きれいに切れましたよ」

　鏡を渡されて、ルルはそれをのぞいた。

　うん、ショートカットで少年っぽくていい感じ。最初は恐る恐るだった手つきも、何回も通っていればさすがに慣れてきた。

　いま、ルルが頼んでいるのは、髪を染めてほしい、ということ。前回から頼んでいるのに一向にやってもらえない。

　ここに来て半年以上がたち、勉強の甲斐《かい》もあってか、小学校を卒業した子とおなじぐらいには話せるようになっていた。

毎日十時間以上勉強しているんだから、それぐらいできていないと困る。最近は読める本もたくさんあって、自分で簡単な辞書も作れるようになり、どんどん語彙《ごい》が増えてきた。文法はすべて教えてもらったので、あとは単語を増やすだけ。

そろそろ働きたい、とメイソンに直訴《じきそ》したら、まだ早い、と言われた。もうちょっと太ってからじゃないと許可できない、と。

もともとそんなに太れない、と言ってもダメ。雇う方があまりにもやせっぽっちだと不安になるから、手足がもう少し太くならないとどこも紹介しない、と。

だから、いまの課題はたくさん食べること。勉強をしていると食べるのを忘れてしまうので、食事を運んでもらったら、その場で食べる。一日三回、普通の量を食べているだけなんだけど、運動をそんなにしてないからか、少しずつお肉はついてきた。そろそろ健康的に見えるぐらいにはなっている。

そうなると、問題はこの黒髪。お城の中を散歩するのは日課になっていて、すれちがう人にはあいさつをするし、できれば会話をしたい。いろんな人と話すのは語学の上達に必要なことだ。

お城で働いている人たちは普通に会話をしてくれる。お城に住んでいる人たちは、あいさつをしてくれる人、会話もしてくれる人、完全無視する人、に分かれている。会話をする人は名前を教えてくれるから覚えた。全員の名前を覚えることが、いまの目標だ。もちろん、完全に無視する人たちに対してもあいさつはつづけているし、あきらめるつもりはない。

あとはお城にやってくる人たち。

お城にはたくさんの人が住んでいるので、その知り合いだったり、友人だったり、あとは特になんの関係もないけれど中に入ってくる人たちだったり。

その人たちとも話したい。お城の外の世界の人とも会話をしてみたい。

そう思って話しかけてみるのだけれど、ルルがお城にいることに慣れている人たちとはちがって、全員がまず、ぎょっとする。ルルの黒髪が最初に目に入るせいだ。

ああ、そういえばヒノモトの民がいたんだっけ、みたいな表情になって、すっと目をそらされる。こんにちは、と言えば、こんにちは、と返してくれるけれど、意地でもルルを見ない、みたいな感じになる。会話もそれ以上はつづかない。

たまに、まったく気にせずに話してくれる人がいるのはありがたい。

黒髪は気にならないか、と聞くと、気にはなるけどそれよりもヒノモトの民に興味がある、と率直に言ってくれる。

そして最後には、髪が黒いってだけで普通なんだね、とも。

目のことは一切言われない。オッドアイの人がいて、おんなじだ！　と盛りあがったこともある。光の感じ方が左右でちがうんだよね、なんて話した。この目で生まれて、ずっとこの目で生きてきて、自然と調整しているので普段は気にならないけれど、手で片方を隠して見てみると、たしかにちがう。

ヒノモトではきらわれる対象だった目は気にされないかわりに、ヒノモトではなんともなかった髪が気にされる。

目はどうにもならない。

でも、髪は染めればいい。

そう考えるのは当然。

黒い髪を茶色にでもしてもらえば、完全に溶け込める…かもしれない。

それなのに。

「もともと理容師は髪を染める職業じゃないんです。美容師なら染めてくれるかもしれません」

「え、そうなの？」

「そうですよ。きれいにするなら美容師、さっぱりするなら理容師です」

そういえば、メイソンも似たようなことを言っていた。

「ありがとう！　美容師に聞いてみる！　あ、髪は気に入ったよ。またよろしくね」

ひらひらと手を振って、ルルは理容室を出た。美容室は一階上にある。さっそく行ってみよう。

廊下を歩きながら、すれちがう人にあいさつをして、返してもらったり無視されたりしなが

ら、美容室にたどりついた。

「こんにちは！」

「はい、どうしました？」

すごい。美容室って理容室と全然ちがう。理容室は一人でやっていて、いつも理容師が迎えてくれるが、ここには受付があって、中では三人ぐらいが忙しそうに動いている。

「髪を染めてほしいんだけど、できるかな？」

「えっと、黒髪をですか？」

受付の人がとまどっている。

「そう」

「ちょっと待ってください。聞いてみます」

ルルも聞きたい。受付の人を追って、ルルも中に入った。

わ、すごい！　鏡が三面あって、椅子もなんかすごく豪華な感じ。頭を洗うのはまた別の場所のようで、そこも三台ある。理容室は自分で髪を洗っていけばそのまま切ってくれるし、そうじゃなくても、髪を霧吹きで全体的に濡らすだけ。時間がかからなくていい。普通はひげそりとか顔そりとかをやってあげるんだけどね、もうちょっと心の準備をさせてほしい、となぜかルルが言われている。なんの心の準備がいるのかわからないけれど、顔そりをしてもらうのが楽しみだ。ひげはまったく生えてないので、そる必要はない。

なるほど、きれいにするなら美容室だ。

「髪を染めてほしいってお客様が…」

「いまはちょっと無理…、あら、ルルちゃんじゃない」

「あなたが美容師！」

ルルと会うたびに会話をしてくれる、とてもおしゃれでとても派手な若い女性だ。名前はヒルダ。いまの髪の色はレインボーだ。会うたびに髪色が変わっている。そして、どれも似合ってる。

美容師なら納得だ。

「どうしたの？」

「黒髪を染めてほしい」

「えー、その黒髪いいのに。染めない方がいいわよ。私が黒髪にしたいぐらい。ルルちゃんに会って以来、すっごい研究してるんだけど黒髪にはならないのよね。これ、全部、黒髪にしようとして失敗したの」

ヒルダが自分の髪の毛を指さした。

「え！」

単にレインボーにしたいのだと思っていた。

「どんな染料《せんりょう》を使っても無理なのよ。だから、黒髪を染めるのはおすすめしないわ」

「でも、俺はじろじろ見られたくないんだ」

「黒髪を見られるの？」

「すごく。黒髪のせいで、普通に会話もできない」

「先生、シャンプー終わりました」

「あ、ごめんね。お客様がいらっしゃってるから、その話はまた今度でもいい？」

「いいわよ、話してて」

頭にタオルを巻いた女性がアシスタントに連れられて、ヒルダの前の席に座る。

「こんにちは。あなたが噂のヒノモトの民ね」

「ルルです、こんにちは」

ルルはぺこりと頭を下げた。この人はお城で会ったことがない。

タオルを巻いていてもわかる顔立ちのよさ。少しお年を召してはいるけれど、肌がとてもきれいだ。

「こんにちは。アイリーンよ」

「アイリーンさま、本当によろしいのですか？」

ヒルダがどこか怯えているようにも見える。いつも快活にあいさつをしてくれるのに。

ルルがいたらまずいんだろう、と理解した。

ここは立ち去ろう。親切にしてくれるヒルダに迷惑をかけたくない。

「いいのよ。わたくしもこの子と話したかったたし。ねえ、あなた、メイソンと番になるっていうのは本当なの？」

唐突にそんなことを聞かれるとは思わなくて、ルルは思わず、は？　と声を出してしまう。

ああ、まずい。

たぶん、この人はえらい立場にいるはず。だって、ルルとメイソンが番だなんて普通の人は知らない。

ルルは慌てて言葉をつむいだ。

「いいえ、そうじゃないです」

「あら、ちがうの？」

「えっと…その…」

運命の番って、ローレル語でなんて言うんだっけ。ど忘れしちゃった。

「まあ、いいのよ、それはどうでも。メイソンは王位継承権を失うんだし、いまさら番を見つけてもね。番となら子供ができるの？」

「そんなことは…ないんじゃないかと…」

たぶんアイリーンは普通に話しているだけなんだろうけど、すごい圧《あつ》がある。普通に話せない。

…怖い。

「メイソンはいつ王位継承権を返上するの？」

「えっと…」

そんなことをルルに聞かれても困る。

そもそも、王位継承権を失うことが決まったのも、いまアイリーンに聞いて知ったぐらいだ。

知りたいなら、メイソンに聞いてほしい。

「早くしてくれないと困るのよね。王位継承権を返上するなら、ヒノモトの民とでもなんでも結婚すればいいけど、え、ちょっと待って。あなたと番になると子供ができるんだったかしら？　ごめんなさいね。答えを聞いてなかったわ」

それは、ルルどころか、医者にもわからない。

「もし、そうだとしたら…」

「あの！　俺！　その！　用事を思い出しました！」

この場にいてはいけない。

それはわかる。

何かとんでもないことを言われそうだし、この人の質問に答えるのもだめだ。

そういう危機管理能力は発達している。

なのに。

「用事なんてどうにでもなるわよ。ねえ、この子、黒髪を染めたいんでしょ？　染めてあげればいいじゃない。髪が黒くなければ、街に出てもだれもヒノモトの民だってわからないわよ。ちょっと幼いけど言葉は使えるみたいだし。いつまでも城に置いて、王位継承争いに絡んでくるなら、出ていってもらいましょう」

え…？

さらっと、とんでもないことを言わなかった？

「黒髪はまた生えてきますよ」

ヒルダがぎゅっとこぶしを握るのがわかった。

ヒルダはアイリーンがとても苦手なのだろう。そして、ルルの味方をしたいと思っている。

でも、だめだ。

そんなこと、しちゃいけない。

「伸びる部分は黒髪で、すぐにヒノモトの民だとわかります。国をなくしたばかりのヒノモトの民を追い出した、となると、この国の威信に関わりませんか？　アイリーンさまがそんな方じゃないのは、もちろん、わかっています。いつも慈悲深く、おやさしい方ですから」

慈悲深く、のときに、そっと手を後ろに回して、指をクロスさせた。ルルは知っている。あれは、ローラン国では嘘をつくときにするのだ。だれかに教えてもらった。メイソンじゃない。

メイソンは嘘なんてつかない。

ルルの世話をしてくれている使用人のだれかかな？

たしか、そうだ。嘘をつくときはこうするんですよ、って笑いながら教えてくれたっけ。

つまり、アイリーンは慈悲深くもやさしくもない。

「ああ、外聞《がいぶん》は悪いわね。でも、わたくしがやったとわからなければいいわけだし。邪魔なのよ、メイソンに居座られたら。アルファで子供がたくさんできるならともかく一人もいないわけで、すでに子供がたくさんいる方を優先するべきでしょ。なのに、いったん選んだからには相応の理由がないと、とか言ってね。相応の理由って、子供がいない、なのに。二十四歳の誕生日までに一人もいなかったらそこで、なんて言われても困るわ。対外的に早く国王交代を発表して、ローラン国はこれからも繁栄しつづけます、と知らしめなければならないの。メイソンの誕生日なんて待っていられないわ。そもそも、いまだれも妊娠してないのに、二十四歳までに子供ができるわけがないじゃない。ねえ、あなた、そう思うでしょ？」

言葉が聞き取れなければよかった。ローレル語を理解できないままならよかった。

この国に来て以来、こんな悪意をまともに受けるのもはじめてで、ぎゅっとどこかが痛む。どこが痛いのかはよくわからない。呼吸も浅くなってきた。

いやみを言われたり、きらわれたり、バケモノと呼ばれたり。

ヒノモトにいたころはそれが当たり前だった。

目の色がみんなとちがうだけで、親に捨てられ、養護施設でもきらわれ、まともに世話もされず、周りの人にも疎《うと》まれていた。働くようになって、ルルのことを理解してくれる人は増えたけど、それでも幼いころの傷は残ったまま。

いまとなっては、なぜ目の色が黒じゃないだけでそんな仕打ちを受けなければならないのだ、と憤ってもよかったぐらいだと思えるけれど、ヒノモトにいたときはそうじゃなかった。

目の色がちがう自分が悪い。きらわれるのもしょうがない。

異質なものへの恐怖は、周りだけじゃなくて自分の中にもあったのかもしれない。

ここに来て、メイソンに出会って、ルルのすべてを、それでいいんだよ、と言ってもらえた。

目の色がちがうのはなんにも気にされない。黒い髪にぎょっとする人もいるけれど、なんのこだわりもなく接してくれる人もたくさんいる。ヒルダのように、黒い髪がきれいだから染めたい、とまで思ってくれる人もいる。

甘やかされてしまったのだ、と痛感した。

守られて、頼る。

そんな人たちがいる。

メイソンを筆頭に、たくさんいてくれる。

そこで半年以上を過ごした。言葉を話せるようになるたびに、使用人たち全員が喜んでほめてくれた。お城に知り合いも増えた。

このまま、生きていけると思っていた。

みんなに守られて、みんなを頼って、お城でぬくぬくと。

そんなことがあるはずないのだ。

ルルのことをきらっている人がいる。邪魔だと思っている人がいる。

そして、たぶん、その人は権力者でも上の方にいて、あの快活なヒルダすらいつもとちがう様子になっている。

おまえに安息《あんそく》の場所などない、とつきつけられた。

それが痛い。

胸が痛い。

「お金ならあげるわよ。そうね、三千万セントレアでどうかしら」

セントレアはこの国の通貨。それもメイソンにきちんと教えてもらった。

ヒノモトのエンの半分だと計算するとちょうどいい。つまり千五百万エン。それだけあれば、何年も何もしないで暮らせる。仕事は当然するとしても、それだけの貯金があると思えば心強い。

「ルルちゃん、ごめんね。集中したいから帰ってくれる?」

だれも口を挟めずにいたところで、ヒルダがどうにか言葉をふりしぼった。まさに、ふりしぼった、という感じだった。顔はこわばっているし、肩で息をしている感じがする。

周りの人たちは全員が固まったまま、だれも動いていない。呼吸すらしてないんじゃないか、と思うぐらい静かだ。

ルルは、助かった、と思っているのに声が出ない。

「はい…」

ようやく出せた声はかすれていた。

「髪については、また相談しにきてね。一緒に考えよう」

精一杯、明るくいてくれるヒルダにルルも応えたい。

「はい」

さっきよりは元気そうな声が出せたかな。

「アイリーンさま、それでは髪を触らせていただきますね」

「お願いね。美容師はあなたしかいないから、ここに来ているの。ちゃんとしてよ」

うわあ…。

ルルは顔をしかめる。こんなことを言われながら髪をきれいにしなければならないなんて、屈辱以外のなにものでもない。

それでも、ヒルダはいつも元気で明るくて、ルルの黒い髪をきれいだと言ってくれた。

今度、散歩中に出会ったら、お茶でもしませんか、と声をかけよう。立ち話じゃなくて、きちんと話そう。

「お邪魔しました」

ルルはぺこりと頭を下げて、美容室を出た。自分の部屋に戻るだけなのに、足取りが重い。

「そろそろ、潮時《しおどき》なのかなあ……」

まだ、ここにいたい。

ううん、ずっといたい。

生涯の友になるとメイソンと誓った。外に出て働くにしても、帰る場所はここだと思っていた。

だけど、きっと、アイリーンのように考えている人はほかにもいる。

メイソンを王位後継者から降ろしたいのに、運命の番が現れたせいで様子を見なければならなくなった。運命の番がいなくなれば子供ができる可能性はゼロとなり、堂々と王位継承権を奪える。

いまのルルはまだ産めない。毎週、かならず検査をしていて、そういう結論になっている。メイソンがいつ二十四歳になるのかはわからないけれど、それまでに子供が生まれるのは無理だろう。

ルルはいつヒートが起こるかわからないから抑制剤を飲みつづけている。それはあまり体にはよくないみたいで、医者はヒート中のみ飲むようにしたいらしい。そのためには、きちんとした周期を知る必要がある。

それなのに、いまのところ、なんの規則性もない。最初にヒートが起こって、つぎが三ヶ月後。その一ヶ月後にまたヒートが来て、つぎは四ヶ月後。それが、つい先日終わったばかり。

このつぎがいつになるのか、予測不可能だ。こんな状態だと抑制剤が手放せない。

妊娠することはないんだから、飲まずにいるのはどうだろうか、という話も出たけれど、そうなると、ヒート中、ルルもメイソンもずっとセックスをしつづけることになる。そんなの時間のムダだし、絶対に避けたい。

だから、薬を飲みつづける。

近くにメイソンがいなくなれば、ヒートは起こらなくなるのだろうか。だとしたら、どこか外で暮らした方がいいのかもしれない。

でも、それは医者すらもわかっていない。

運命の番については文献が少なすぎるらしい。

メイソンがいなくてもヒートが起こってしまえば、仕事なんてできなくなる。いつ起こるかわからないヒートのたびに仕事に穴を空けていたらクビになる。そのうち信用がなくなって、つぎの仕事も見つからない。

それはどうしても困る。

ヒートの周期がわかれば、それを薬で抑えられる。ここから出ることができる。

早く出たいわけじゃない。

できれば、ずっとメイソンと一緒にいたい。

くだらないことを話し合ったり、ヒノモトについていろいろ話したり、この国について教えてもらったり。

ヤマト言葉を話すのはメイソンといるときだけで、それはルルの癒しの時間となっている。

それを失いたくはない。

でも、でも、でも。

邪魔だ、とはっきり言われた。

あなたが邪魔だ、お金をあげるから出ていってほしい、と。

メイソンが自分のせいで白い目で見られるようになるのは絶対にいやだ。

たくさん助けてもらった。メイソンのおかげで、いま、こんなにも穏やかな気持ちで過ごせている。

幸せだ、と何度も何度も思った。

生まれてきて、一度も感じたことのないそれをくれた人。

そんな人のお荷物になりたくない。

どうしたらいいんだろう。

お金をもらって出ていく?

でも、そうしたら、メイソンとは会えなくなる。

たぶん、二度と会えない。

そんなのいやだ。

絶対にいや。
この強い気持ちはなんだろう。
だれかに執着するなんてこと、なかった。
だれもが自分をきらい、裏切り、邪険《じゃけん》にすると思っていた。
自分を大事にして守ってくれる人なんてどこにもいない、と。
産んだ親すら捨てたんだから、自分にはなんにも価値がない、と。
ぼくはルルがいいんだよ。
メイソンが言ってくれたその言葉は、ルルのお守りになっている。
ルルがルルだから。
そんなことを言ってくれた人もはじめて。
メイソンはたくさんのはじめてをくれた。
これからも、たぶん、たくさんくれるはず。
それなのに。
「出て…いく…の…かな…」
それしか解決方法がないのなら。
それでメイソンのことが守れるのなら。
今度はルルが守る番だ。

でも、でも、でも。

いやだ、というこの気持ちは。

メイソンのそばにいたい、という思いは。

きっと消えない。

わがままになってしまった。

やるべきことがわかっているのに、できない。

できるだけ、ここにいたい。

甘やかされて守られる。

その心地よさを知ってしまった。

どうしよう。

離れたくない。


「わ、さっぱりしたね」

メイソンが部屋に入ってくるなり、そう声をかけてくれた。いつも、ちょっとした変化に気づいてくれる。

「そう。切ったんだ」

「いいね。ちょっと髪を巻いてもらったりしたら、それはそれでいいかも」

「髪を巻く？」

「こう、くるん、って」

メイソンが自分の髪を一房《ひとふさ》手に取って、くるり、と巻いてみせた。

「パーマかけるの？」

さすがにそれはね。時間がかかる。

「そうじゃなくて、細いアイロンみたいなので、くるん、って。翌日には取れるし、それで気に入ったらパーマかけるのもいいかもね。ルルの髪はさらさらストレートできれいだけど、遊んでみてもいいんじゃない」

「あ！」

そうだ。

「俺、髪を染めたい」

「染めたいなら染めたらいいよ」

「え！」

ルルは驚いてメイソンを見る。

「染めてもいいの？」

「ルルの髪だし、好きにしたらいい」

「黒い髪でいてほしいとかはないんだ？」

「ないよ」

メイソンが苦笑した。

「黒い髪だろうとそうじゃなかろうと、ルルはルルなんだし。黒い髪って目立つから、ルルがいやがるのもわかる。でも、染まる？」

「わかんない。理容師はできないらしいから、美容室に行ったんだ。そしたら、ヒルダだった」

「ああ、そうそう。美容師はヒルダだよね。腕がいいんだよ、彼女」

「もしかして、メイソンは美容室に行ってるの？」

「もちろんだよ。ぼくのこのきれいな髪型を保つには美容師にお願いしないとね」

「そうなんだ」

メイソンは金髪で少しふわりとしている。猫っ毛だと本人が言っていた。たしかに毎日きれいに整っている。

「冗談だよ。美容室に行ってはいるけど、髪はもともと天然パーマで手ぐしで整える程度でこうなる。だから、楽だよね」

「だったら、理容室でよくない？」

「まあ、そうなんだけどね。ヒルダっておもしろいから、つい、そっちにしてしまう。で、ヒルダになんて言われたの？」

「黒い髪を染めるなんてもったいない、私が染めたいぐらい、この髪は全部黒にしようとしてできなかった、って言われた」

「あのレインボー、黒にしようとしてたんだ？」

「そうみたい」

単に派手にしたかったのかと思ってた。

「へえ。なるほどね。でも、ぼくも黒にしてみたいかも。そうだ！　黒にする人が増えれば、ルルも気にしなくてよくなるね。ヒルダと相談してみよう」

「メイソンが黒髪…」

想像してみようとしても、全然できない。でも、黒髪も似合わなくはないと思う。顔がいいからね。なんでも似合うよ。

ずるいね。

「でも、そうか。黒に染めるなんて考えたことなかったから、その染料はないのか」

メイソンが、うーん、と考え込んでいる。

「そうなのかな。俺の黒髪は他の色に染められるみたいだけど、ヒルダに、もったいないから染めちゃだめ、って言われた。あと、染めたとしても伸びたところから黒くなるって。それもそうか、頻繁《ひんぱん》に染めにいくのめんどくさいな、って思ってるところ。メイソンはどう？」

「どう…」

メイソンが眉間に皺を寄せた。

「むずかしい質問だね。どう…」

「今日はどうだった?」

あまりにも悩んでいるので、ルルは笑いながらつけくわえる。

メイソンのこういうところ、おもしろい。

「王位継承権については二十四歳まで待つから子供を作る努力をすればいい、って言われたところ。二十四歳ってあと数週間なんだけど、無理に決まってるよね。そんな大義名分《たいぎめいぶん》がなくても、さっさとはく奪すればいいのに。つぎの王位継承者は決まってるんだし、すでに何人か子供がいるし、その子供の母親のだれが奥さんになっても王妃としてふさわしい。ぼくになかなか子供ができないのを見て、みんな、一斉に家柄のいい女性との子供を作り始めたからね。そういうの、すごいよね」

「え、みんな、そんなに王様になりたいんだ?」

「なりたいっていうか、なるかもしれないから子供を、ってこと。別に、ぼくにとって代わろうと画策《かくさく》しているとかじゃなくて、王位継承権を持つ人間なら、次世代の王位継承者となる人間がいなくなる恐怖…困惑…、なんか、そんな感じ。なんて言うんだっけ?」

「恐怖でも困惑でもあるんだろうから、どっちもあってるんじゃないの?」

「もっとぴったりな言葉はない？」

こういうところだよね、と思う。

知ることに貪欲《どんよく》で妥協しない。ルルみたいに、一度覚えたらずっとおなじ言い回しでいいか、みたいなこともない。

ルルにとってはローレル語は生活に不可欠なもので早く覚える必要がある。

メイソンにとってヤマト言葉は研究の対象で語彙はいくらでも増やしたい。

その差があるとしても、メイソンの知的好奇心の高さをとても尊敬している。

ルルもメイソンにつきあって、何かないかな、と考えていたら、ヤマト言葉の語彙が増えた気がする。頭の奥に眠っていた使わない言葉を引っ張り出しているおかげだろう。

「んー、不安？」

ちょっとちがうかな。

「ああ、それだ！　不安。簡単な言葉でも忘れちゃうよね」

あってたんだ。よかった。

「その不安があるから、がんばって子供を作ろうとして、結果的にたくさん子供が生まれて、ぼく以外のだれがなっても大丈夫な感じだよ。だから、さっさと交代してくれればいいのにね。ぼくは子供ができないんだし」

子供ができるかどうかは、ルルがもっと太らないとわからない…。

あ！

「ねえねえ」

ルルはポンと手をたたいた。

「俺、結構、健康的な体になってない？」

「まあね。まだ痩せてるけど。ちっちゃいけど。子供みたいだけど」

「そんなにポンポン言わなくていいよ！」

ちっちゃいのは、もうどうしようもない。いまから背が伸びるはずはないんだし。

「そろそろ働く場所を紹介してほしい。言葉もある程度は話せるし、元気だし、なんにもせずにお城にいるのはいやだ。働きたい」

働いて、お金を貯めて、お城を出ていく。

それがきっと、いろいろな人のためになるのだ。

ただ、お金が貯まるまでは待ってほしい。

そのぐらいは許してほしい。

「いいよ。どんな仕事がしたい？」

「いいんだ？」

「もちろん。手足もびっくりするぐらい細いってことはなくなったし、ルルがやりたいことはやらせてあげたい。これまで、どんな仕事をしてきたの？」

「ありとあらゆるものを」

　雇ってくれるところなら、どこでも働いた。

「あ、でも、接客業はしていない」

　この目のせいで、お客さんに接する仕事はすべて断られた。でも、いまもおんなじ気がする。

黒髪のせいで、接客業では歓迎されなさそう。

「接客業をしてみる？」

「…いまはまだ、ちょっと」

　してみたいとは思う。たくさんの人に接すると言葉も上達するし、この国にどんな人がいる
のかも知ってみたい。

　でも、心の準備がいる。

　まずは、そんなに多くの人と接しない仕事をして、慣れてからがいい。

「じゃあ、どんな仕事が好きだった？」

「体を動かすやつ」

　じっと座っているよりも、動いているのが好き。

「体を動かす仕事ね。配達員とかやってみる？」

「配達員？」

「ものを届ける仕事…は、そうか、車の免許がないとダメか。自転車は乗れる？」

「乗れる！」

「小型のバイクは？」

「乗れない……」

もともと車の免許を持っていない。

「だったら、手紙の配達人とかいいかもね。この街の住所がわかるようになる。自転車だと時間はかかるけど、体はたっぷり動かせるよ」

「やりたい！」

手紙の配達人なんて、すごくいい。メイソンの言うとおり、住所も覚えられる。あとは部屋を探す助けにもなりそう。いろんな家を見られるんだから。

「よかった。自転車で手紙を配達する人が足りなくなってたんだよね。お給料は最初は安いけど平気？」

「うん！」

お給料なんて気にしない。仕事があるだけ、ありがたい。いくらあれば部屋が借りられるのか、ほかに雇ってくれる仕事はありそうか、それを街を走りながら探せるのもいい。

それに。

「メイソン、誕生日もうすぐなんだね」

お給料が入ったら、遅れてしまっても何かプレゼントしよう。

Premium News

COMICS&NOVELS INFORMATION

2022.3

ダリア文庫　3月11日(金)頃発売予定!

東京センチネルバース
-摩天楼の山狗-

鴇 六連　ill.羽純ハナ

定価：770円(税込)

センチネルの暴走はガイドと交わり鎮まる。ガイドの力に目覚めた真幌の前に、突然、山狗から姿を変えた幼馴染の佗助が現れ…!?

今すぐ抱いて、
契約《マーキング》する——。

特典情報

書き下ろしペーパー
・中央書店コミコミスタジオ

愛され王子の秘密の花嫁

森本あき　ill.Ciel

定価：770円(税込)

国が滅亡して路頭に迷っていたオメガのルルは、ローラン国の王子・メイソンに救われる。しかし突然、発情してしまい…。

君を誰にも
渡したくない

特典情報

書き下ろしペーパー
・中央書店コミコミスタジオ

郵便はがき

170-0013

STAMP HERE

東京都豊島区東池袋3-22-17
東池袋セントラルプレイス5F
(株)フロンティアワークス

Daria《ダリア》編集部行

ダリア文庫読者係

〒□□□-□□□□ 住所	都道 府県	
	電話 ( ) -	
ふりがな 名前	男・女	年齢 歳
職業 a.学生(小・中・高・大・専門) b.社会人 c.その他( )	購入方法 a.書店 b.通販( ) c.その他( )	
この本のタイトル		

ご記入頂きました項目は、今後の出版企画の参考のため使用させて頂きます。その目的以外での使用はいたしません。

ダリア文庫　読者アンケート

● この本を何で知りましたか？

A. 雑誌広告を見て [誌名　　　　　　　　　　]
B. 書店で見て
C. 友人に聞いて
D. HPで見て [サイト名　　　　　　　　　　]
E. SNSで見て
F. その他 [　　　　　　　　　　]

● この本を買った理由は何ですか？(複数回答OK)

A. 小説家のファンだから
B. イラストレーターのファンだから
C. カバーに惹かれて
D. 好きな設定だから
E. あらすじを読んで
F. その他 [　　　　　　　　　　]

● カバーデザインについて、どう感じましたか？

A. 良い　B. 普通　C. 悪い　[ご意見　　　　　　　　　　]

● 今！ あなたのイチオシの作家さんは？(商業、非商業問いません)

漫画家　　・どういう傾向の作品を描いてほしいですか？

小説家　　・どういう傾向の作品を書いてほしいですか？

● この本のご感想・編集部に対するご意見をご記入ください。
(感想などは雑誌・HPに掲載させていただく場合がございます)

A. 面白かった　B. 普通　C. 期待した内容ではなかった

ご協力ありがとうございました。

DC DARIA COMICS ダリアコミックス 3月22日(火)発売予定!

かわいいキミの世話係

仁神ユキタカ

定価：740円(税込)

家政夫として働く旭は、雇用主の弟・雪音から避けられている。クールな彼はよく見ると恥ずかしそうに旭を見つめていて…！

特典情報

描き下ろしペーパー
・アニメイト

描き下ろし両面イラストカード
・中央書店コミコミスタジオ

両面イラストカード
・とらのあな

Daria Comics Information

[ダリアコミックス大好評発売中!]

DARIA COMICS uni キリング・ストーキング 5	クギ
レアオメガ春機	赤星ジェイク
契約コハビテーション	須坂紫那
幼馴染じゃ我慢できない 2	百瀬あん
一途すぎる後輩が俺を諦めてくれません	小坂つむぎ
DARIA COMICS uni 夜画帳 2	Byeonduck

ドラマCD
幼馴染じゃ我慢できない 2
Osananajimi ja gaman dekinai
原作：百瀬あん
発売決定！
最新情報は公式HPをチェック！

宝物みたいな時間。

何年かたって、この日々をなつかしく思い出すんだろう。

そのときもまだ生涯の友でいられるだろうか。

いられるといい。

お城を出ていくつもりではあるけれど、メイソンと縁を切るつもりなんてない。

いままでみたいに簡単に会えたりしなくても、たまにはお茶をしたり食事をしたりして、語り合いたい。

だって、メイソンのことはとても好きだから。

「今年から、ルルの誕生日は六月十二日ね。その日に十九歳になることにしよう。っていうか、年齢もあってる？」

「年齢はあってる。春に生まれたって聞いてたから、新学期が始まる四月に年齢をひとつあげてた」

小学校には行ってたし、そこはちゃんとしている。

「そっか。ヒノモトの新学期って四月なんだ」

「え、こっちはちがうの？」

「このあたりはみんな九月だよ」

「九月！」

国によって、いろいろちがうんだね。

「またひとつ知識が増えた。学校制度とかよくわかってないから。今度教えてね。じゃあ、ぼく、あと数週間しかない公務に行かなきゃならないから、また明日」

「うん、また明日」

「誕生日が過ぎると王位継承者じゃなくなって暇になるから、この街を案内してあげるよ」

「わ、楽しみ！」

数週間後だとお金が貯まらずに出ていけない。だから、そのころは、まだお城にいる。

先の約束があるのは嬉しい。

「ちょっと元気がない？」

メイソンがじっとルルを見る。

どきん、と心臓が跳ねた。

本当にメイソンは鋭い。

「そんなことないよ。あ、でも、髪を染められないって言われて、ちょっと落ち込んではいるかも」

「それはヒルダと相談してみるね。そっか、落ち込んだのか」

ポンポン。

頭をなでてくれるメイソンの手がやさしい。

「ぼくはこの黒髪がとても好きだよ」

「ありがとう」

メイソンの何気ないひとことに救われる。

「じゃあね」

「うん、じゃあまた」

手を振りあって、メイソンが出ていった。ドアが閉まるのを待って、ルルは小さく息をつく。

「ばれなかった…。よかった…」

アイリーンに会ったこと。アイリーンに言われたこと。

それをメイソンに告げるつもりはなかった。

アイリーンが悪いとも思わない。彼女は国のことを考えているだけだ。

ちょっと圧が強くて、いやな感じの人で、ルルをきらっているのを隠しもしていないけど、それはしょうがない。

アイリーンにとって、ルルは邪魔者なのだから。

それに、アイリーンにはっきり言われたことで踏ん切りがついた。

メイソンに迷惑をかけたくない。

だから、いつか、このお城を出ていく。

でも、それまではメイソンと楽しく過ごしたい。

生まれてはじめて守られていると心から思える場所や時間を大切にしたい。

ただ、それだけがルルの願い。


三日後、ルルは手紙を配達する仕事を始めた。出会う人たちはみんな、ルルの黒髪にぎょっとはするけど、すぐに普通にあいさつをしてくれるようになった。

いろんな場所を覚えて、住所も覚えて、知り合いも増えた。

それが順調につづけばいい。

この国で一人で暮らすために。

このまま。

7

それは突然だった。

ルルが手紙を届けにきたのは街のはずれの古びたお屋敷。こんなところに人が住んでるんだ、と思いながら、手紙を投かんしようとする。

一軒家だと普通は家の入り口にポストがあるのだけれど、どうやら探してもない。ルルは、すみませーん、と言いながら、家の入り口に向かった。

だれかが出てきたらその人に渡すか、玄関の下から滑りこませるか。届ければいいんだから、どっちでもいい。

ガチャとドアが開いた。

「あ、こんにちは。手紙を…」

そこにいたのは若い男性で、すっと手が伸びてきた。そこに手紙をのせようとしたのに、ルルの顔の前に持ってこられる。

…なに？

手の中には小さな布みたいなものがあった。それを顔に押しつけられて、ルルは、やばい！と思う。

これは絶対にやばい。まずい。

普通だったら、もうちょっと早く危険に気づいていたのに。

「な…に…を…」

それ以上は言葉にならなかった。

ルルの意識が遠のく。

すぐに暗闇に吸いこまれた。


「起きろ」

揺さぶられて、ルルはうっすらと目を開けた。ガンガンとすごい頭痛がする。目もかすんでいる。

何が…そうだ！

「俺に何をしたんだ！」

冗談じゃない。薬か何かをかがせて気絶させて、一体なんのつもりだ。

こんな卑怯なやつに負ける気なんかない。やせっぽっちでもなくなって、毎日自転車であちこちに行っているおかげで体力もついている。足は昔から速い。手紙を配達する中で裏道などもわかってきた。

頭痛が治まったら、絶対に逃げてやる！

「眠ってもらっただけだ。このあとは俺の知ったことじゃない」

視界がはっきりしてくると、床に寝転がされているのがわかった。ルルは起きようとして、
違和感に気づく。

手が動かない。

「なっ…」

後ろ手に縛られていた。それだけじゃない。足も縛られている。

これだと逃げられない。

怖い、と思った。

それは当然の恐怖。

だけど、負けたくはない。

恐怖にも、目の前のこの男にも。

「俺はヒノモトの民だ」

利用できるものは利用してやる。

「この黒髪でわかるだろう。そんな俺を…」

「おまえ、バカだな」

淡々と男は告げた。

「ヒノモトの民じゃなければ、おまえなんてなんの価値もないんだよ。あ、どうやら出番らしい。来い」

男がルルの腕をつかんで、どこかに連れていこうとする。

「ふざけんな！　だれが…」

「めんどくせえな」

男が、ひょい、とルルを肩にかつぎあげた。

太っておけばよかった。

いまはじめて、心から後悔している。

こんなふうに簡単に運ばれないように、たくさん食べて、肉をつけておけばよかった。

この国に来たときよりも体重が増えたとはいえ、普通の人に比べれば、まだ小さくて痩せている。体格のいい人間なら、簡単に抱えあげられる。

男はしばらく歩いて、カーテンがかかっている場所にたどりついた。ここはどこなのか、まったくわからない。

手紙を届けた家なのか、それとも別の場所なのか。

どれくらい気絶していたのか、すら。

「それでは、みなさん、今夜の目玉です！」

カーテンの向こうから陽気な声がした。

「みなさんの待ち望んでいたヒノモトの民を入荷しました！　この国に流れついた、と噂になってから、大変にたくさんのリクエストをいただきまして、こっちでもがんばってみたのですが、どうも情報が錯綜《さくそう》していましてね。それが、本人みずから城の外に出てきてくれたのですから、ありがたいことです。とはいえ、ヒノモトの民を取り扱って大丈夫なのか、その点が心配な方もいらっしゃるでしょう。大丈夫です。アイリーンさまのお墨付きです。ちゃんと証書もここにあります。好きにしなさい、アイリーン。この証書もつけさせていただきます。それでは、本人に登場していただきましょう！」

ああ、これは。

ルルは自分の運命を悟った。

ヒノモトの民を買いたい人たちが集まっているのだ。噂になっていた、いわゆる闇売買。ヒノモトの民を自分の手元に置いて…何をするつもりなのか想像すらしたくない。

さっきから必死で動かしてみてはいるんだけれど、手と足を縛っているものはまったくゆるみそうもない。逃げることはむずかしい。

だけど、売られるのだけは絶対にいやだ。

どことも知れぬ場所で、金持ちの慰《なぐさ》みものになるなんて冗談じゃない。

どうすればいい？

考えろ、考えろ、考えろ。

頭を使え。

「ヒノモトの民です！」

カーテンが開いた。二つあるライトがルルに当てられる。

まぶしい。

客席がまったく見えない。

「十億セントトレアからはじめましょう。さあ、どうです？」

十億って、つまり、五億エン⁉

そんな価値が自分にあるの？

いや、ルルに、じゃない。

ヒノモトの民に、だ。

「五十億！」

「百億！」

「百五十億！」

「はい、どんどん値段があがっていますね。見てください、このきれいな黒髪。目は黒くはないですが、それでも黒髪に価値がありますよ」

「二百億！」

「五百億！」

バカじゃないの。そんな値段を出してまで買うようなものじゃない。

バーカ、バーカ、バーカ。

いくらでも値段をつりあげればいい。

だれに買われるかは知らないけれど、どこかで絶対に逃げてやるからな！　やると言ったり、絶対にやる。

「もうちょっとよく見せろ！」

「そうだ、そうだ。見えないぞ！」

「持ちあげろ！」

「全身をよく見せろ！」

男の声しかしない。

そのことがルルの恐怖心と嫌悪感を強めていく。

この男たちに買われたら、何をされるかわかったものじゃない。

怖い。気持ち悪い。

「わかりました。でも、その前にいい情報をお教えしましょう。このヒノモトの民はオメガで、なおかつ、運命の番がいます。つまり、どれだけやろうとも、絶対に妊娠しません。ヒートのときは狂ったように求めてきます。具合もいいです」

吐き気がする。

胃の中から何かがこみあげてくる。

まさか、運命の番がそんなふうに使われるなんて思ってもいなかった。

「一千億！」

「三千億！」

本物のバカとクズの集まりだ。

「まあ、お待ちください。持ち上げます」

ひょい、と首の後ろのシャツをつかまれた。そのまま軽々と持ち上げられる。

メイソンとの出会いもこうだった。

メイソンに会いたい。

お城に帰らなかったら、メイソンは心配してくれるだろうか。捜してくれるだろうか。

そのとき、自分はどうなっているんだろう。

メイソンに合わせる顔なんてあるのかな。

逃げてやる、とは思っている。

だけど、こんなふうに手足を縛られて、持ち上げられても何もできない。どうやって逃げるのか、方法も思いつかない。

買われた相手に渡されて…。

死のうかな。

ふと思った。

舌とか噛めば死ねるかな。

九ヶ月ちょっと、幸せに暮らした。まだお給料をもらってなくて、メイソンに誕生日プレゼントをあげていない。

おめでとう。お金が入ったら、何かプレゼントするね。

そう言ったら、メイソンは嬉しそうに笑ってくれた。

その約束は果たせないけれど、メイソンとの楽しい時間を苦しみで上書きされたくない。

「ルル！」

…え？

「後ろのやつを蹴れ！　ルルのキックならいける！　蹴るんだ！」

メイソン…？　どうして…？

「ぼくが助けるより自分で逃げる方がいいよね？　蹴って逃げろ！」

そういえば、出会ったあの日、メイソンを蹴ろうとした。それを防がれた。

でも、蹴りはうまい。両足を縛られてはいるけれど、それが幸いもしている。だって、両足の方が力が強くなる。

そして、メイソンはヤマト言葉で指示をしている。だれにも聞こえない。興奮して叫んでいるおかしな人、と思われているのだろう。だれも反応していない。

ルルは、ぐるり、ぐるり、と体を回した。

「逃げようとしていますね。いいですよ。イキがいいです。みなさん、素直に従うよりも反抗的な相手を屈服させる方が楽しいでしょう?」

本当に最低。おまえなんか…。

ぐるり、ぐるり、ぐるり、ぐるり。

よし、いまだ!

ルルは勢いよく体を回転させると、そろえた両足で男がいると思われる位置に蹴りを入れた。

どこに当たってもいい。

最悪、相手がどんなふうになってもいい。

そのぐらいの気合いで蹴った。

ドゴン!

すごい音がして、首筋を持っていた手が離れる。

やった! きれいに決まった。

そして、ルルもきれいに地面に立てた。

びっくり。これはさすがに偶然。

「おい、てめえ!」

あ、そうだ。まだいるんだ。どうしよう。さすがにもう蹴りは…。

「そこまでだ」

ルルを照らしていたライトが消えて、真っ暗だった部屋の中に明かりがついた。

とても広い部屋。ルルはステージみたいな場所にいて、たくさんの男女が椅子に座って番号札をあげている。

女性もいたんだ。声が聞こえなかっただけで、オークションには参加していたらしい。

「どういうことよ」

最初に口を開いたのは初老の女性。とても上品な格好をしている。お金持ちなのだろう。

こんなところに来るような最低な人間ではあるけれど。

「上を見てみればいい」

上……？

ルルは目を上にやった。二階ぐらいの高さにバルコニーのようなものがぐるりと部屋を囲っている。

そして、そこには見覚えのある人たちばかり。

メイソンだけじゃない。使用人もたくさんいる。

そして。

「ルルちゃーん！　かっこよかったよ、キック」

ヒルダだ。

使用人は全員、銃を持っていた。それをルル以外のすべての人に向けている。

「死にたくなかったら、おとなしく出ていきなさい。ぼくはものすごく怒っている。王位継承者じゃなくても、王族だ。あなたたちのことをどうにでもできるんだよ」

そう、メイソンは王位継承者を外れた。誕生日の日に、それもとても喜んでいた。

これからはいろいろと自由になる。時間もできる。

それが嬉しい、と。

ふん、と鼻を鳴らしたり、平気そうな顔をしたり、明らかに怯えていたり。さまざまな反応を見せながら、客が椅子から立ち上がって去っていく。ルルをここまで運んできた男はとっくに消えていた。

「さて、と」

メイソンが、ひょい、とバルコニー部分から飛び降りた。

「あぶな…っ！」

…くなかった。ワイヤーみたいなのがついていて、安全に降りてくる。

「ルル、ごめんね。大丈夫だった？」

メイソンがワイヤーを外して、ダッシュでルルのところまで近づいてきた。急いで、手と足の拘束具《こうそくぐ》をといてくれる。

「メイソン…？」

「そう」

「メイソン！」

ルルはぎゅっとメイソンにしがみついた。

「俺…もう…人生が終わるかと…」

「そんなことはさせないよ。大事な運命の番だからね」

「ど…して…」

ここがわかったんだろう。

「そんなに怖がっているルルに言うのは大変に申し訳ないんだけど、この陰謀《いんぼう》は知ってたんだ。ヒルダが…ローレル語にするね。ヒルダが教えてくれて」

「そう、私がメイソンさまに告げ口したの！　アイリーンのやつが絶対にロクなことを考えてないから、見張っといた方がいいですよ、って。王位継承者が交代したから大丈夫かと油断してたんだけど…」

「俺がアイリーンのやつがこそこそと闇の売人と会っているのを目撃して」

「わたしが買い物に行くふりをして、その売人のあとを追って」

「俺がこの屋敷のことを調べて」

「わたしたちが毎日、ルルのあとをついてって」

「え！」

ちょっと待って！　全然気づかなかった！

「どうやら今日らしいってわかって」

「ルルが商品として出てくるまで、みんなでここに隠れてて」

「出てきたから、あとは助けるだけ」

「ちなみに、銃に弾は入ってないから安心してね。銃にもひるまなかったら、色のついた火薬みたいなのは出るから、それで目くらましをしている間にルルを助けるつもりでいたのよ」

「みんな…」

やばい…！

ぽろり、と涙がこぼれた。とまらずに、あとからあとからあふれつづける。

だれかに大事にされる。守られる。

そんな経験はこれまでまったくなくて。

メイソンだけだ、と思っていた。

ルルを守ってくれるのはメイソンだけなんだ、と。

でも、ちがった。

この国に来て知り合ったたくさんの人たちがルルを心配して、守って、助けてくれた。

どうしよう。

嬉しくて嬉しくて、胸が痛い。

「あり…が…と…」

嗚咽《おえつ》がこぼれる。

「俺…なんにも…できないのに…どうして…」

「やさしいから」

「かわいいから」

「いい子だから」

「ルルちゃんだから！」

ヒルダの元気な声。会うたびに太陽みたいだと思っていた。

「ヒルダが…救ってくれたんだね…」

アイリーンの件を知っているのはヒルダだけ。あのまま放っておいてもよかったのに、ちゃんとメイソンに報告してくれた。

「救ったのはみんなよ。ルルちゃんのことを好きな人たちが集まったの。あとは、運命の番さんが、それはもう激怒されましまして」

「怖かった…」

「あんなメイソンさま、はじめて見た…」

「鳥肌がやばかった…」

「二度と見たくない…」

全員が怯えたようにそう口にする。

それがおかしくて、ルルは笑ってしまった。

「だって、ぼくのルルなのに。邪魔するだけならまだしも、こんなひどい目にあわせるとか、本当に冗談じゃない。いまごろ、闇の仲買人《なかがいにん》と契約していた証拠が警察に届いているから逮捕されてるだろうね。これから先、死ぬまで刑務所で過ごしてほしいよ」

「え…？　王族なのに逮捕されるの…？」

権力を使って逃れるのかと思っていた。

「そのために議会政治を作ったんだよ。うちの国はきちんと警察が機能しているし、情報提供者はぼくだし、なんと、ちょうど昨日、次期国王補佐という立場に選ばれまして。とてもえらくなったんだよ、ぼく」

「ルルちゃんのために、ね。権力なんてきらいなくせに」

「うるさい、ヒルダ」

「あら、怒られちゃった」

ヒルダはそう言いながらも、ケタケタ笑っている。

いい関係だなあ、と思う。使用人もだけれど、いろんな人とメイソンはいい関係だ。

「ということで、ルル、ぼくの伴侶《はんりょ》になってください」

「…は？」

何を言ってるの、この人。

「国王と王妃じゃないから気楽な立場だし、次期国王補佐の伴侶なら、だれも手を出せない。女性じゃなくても運命の番なら結婚できる。もうね、ルルをこういう目にあわせたくはないんだ。だから、結婚しよう」

「俺を守るため？」

「そう」

「だったら、しない」

そんなのいらない。

守ってもらえるのは嬉しい。ありがたい。

きっとこれから先も、メイソンにも、そして、ここにいるみんなにも守ってもらう機会があるだろう。

だけど、そのために結婚なんてしたくない。

メイソンの負担になるだけだ。

それは、ルルの望むものじゃない。

「じゃあ、ルルをだれにも渡したくなくて、ルルのことを好きだから、ぼくのものにしたい、って言ったら？」

メイソンがまっすぐな目でルルを見た。

嘘のない目。

ルルがもっとも信頼するもの。

「本心？」

だけど、言葉が欲しくて、そう聞いた。

「うん、本心。生涯の友でいよう、って言ったことを死ぬほど後悔している。生涯の伴侶になってください、って頼めばよかった。そう思っているよ」

「俺ね、あの女の人に城を出ていきなさい、って言われたとき、そうだよな、って思った」

えー！　って使用人たちが声を出している。

「俺がいたってメイソンの邪魔にしかならない、って」

ブーブーブー。

まさかのブーイング！

それが嬉しい。だって、まちがってるよ、って言ってくれてるのとおんなじ。

「でも、いやだ、って思った。俺がいない方がいいとわかっていても、メイソンと一緒にいたい、って。できればずっと、メイソンと一緒にいたい。その感情がなんなのか、まったくわからなくて。運命の番だからかな、って思ってた。でも、ちがう。俺もメイソンをだれにも渡したくないし、メイソンのことが好き。だから、生涯の伴侶にしてください」

「うん」

メイソンは小さくうなずいて、にこっと笑った。

「いつか、ルルがそれを理解してくれればいい、って思ってた。今日すぐに返事をくれなくても、それはそれでいいと思ってたよ。でも、うん、嬉しい。ルルを大事にするね」

「キース！」

あれはヒルダの声。

「キース、キース、キース！」

唱和する使用人たち。

「する？」

「する！」

ルルはメイソンに飛びついて、自分からキスをした。

ひゅうううううう！　とはやす声があちこちから聞こえる。

こんなに完璧な幸せがあっていいんだろうか。

「さて、帰ろう。ぼくたちのお城に」

「うん！」

もう出ていかなくてもいい。

あのお城でずっと暮らせる。

「あ、でも、働くよ？」

「どうぞ。ルルの好きなように」

メイソンのこういうところを好きになった。

ルルを本当の意味で尊重してくれる。

「あと、髪は染めない」

「染めないの？」

「黒髪に慣れてもらって、みんながぎょっとしなくなったら、ヒルダみたいにレインボーにする」

「まかせて！」

ヒルダが請け負ってくれた。

「よし、じゃあ、撤収《てっしゅう》！」

「はーい。みんな、お城に帰ろう！」

「帰ろう！」

「楽しかったね！」

きゃっきゃしている使用人とヒルダがかわいい。

味方がいる。

仲間がいる。

それは、こんなにも心強い。

そして。

「メイソン」

「ん？」

「拾ってくれてありがとう」

あの日出会えた奇跡に、ありがとう。

大好き。


「すごい穏やかな気持ち…」

いつものソファに座ってメイソンの腕に抱かれながら、ルルはつぶやいた。

「ぼくも」

メイソンがルルの髪を指ですく。

「きれいな髪だね」

「ありがとう」

ルルはメイソンを見上げた。

「メイソンは黒髪にしたくなったりしない？」

「んー、してもいいし、しなくてもいい。ただ、ヒルダに聞いたら、全然できてないんだって。

黒髪用の染料。今日のヒルダ、緑になってたでしょ、髪」

「緑っていうか…、あれは沼の色…?」

「沼!」

　メイソンが笑う。

「そうなんだ」

「たしかに。深い緑っていうか、ちょっと変な緑。あれも黒にしようとしたみたいだよ」

　まだあきらめてないんだね。それは嬉しい。

　だって黒髪が本当に好きってことだから。

　そういう人が増えてくれるといいな。ぎょっとするんじゃなくて、いいな、あの色、と思ってくれたら嬉しい。

「ところで、ルル」

「なに?」

「本当に生涯の伴侶になる?　危機を救われた勢いで受けたとかじゃなくて?」

「俺ね、メイソンのこと好きみたい。いままで、人を好きになったことがなかったから、この気持ちがなんなのかよくわからなかったんだけど、ずっと一緒にいたくて、でも、メイソンの迷惑になるぐらいなら消えてしまいたくて、だからといって、一生会えないなんて絶対にいやで、できるだけ近くにいたい。そういう気持ちを好きだというなら、メイソンのことが好き」

「それは、好きってことだよ」

「じゃあ、好きだから生涯の伴侶になる。そうなったら、離れなくてすむんだよね？　幸せだよ」

「よかった」

メイソンがルルの唇をやわらかく吸った。

「ぼくもルルのことが好きだよ。ルルに何かしようとしたアイリーンをこのお城から追放するぐらいにはね」

「あ、そうだ。あの人、なにものなの？」

「いまの国王のお姉さん」

「え！」

すごい権力者だ！

「いまの国王はとてもいい人なんだけど、その家族もいい人ってことはないんだよね。アイリーンはこれまでもいろいろしでかしてて、それでも、国王が、私に免じて、ってとりなしてたんだ。でも、ヒノモトの民を闇オークションにかけさせた、なんて、さすがに国際的にまずいから、国王もかばえなかった。まあ、しばらく刑務所に入ってもらうよ。どうせ、すぐに出てくるだろうけどね。そして、反省もせずにぼくを恨むと思うけど」

「待って」

ちょっと待って。

いま、何か大事なことが…そうだ！

「大丈夫。ぼくはアイリーンには負けないよ」

「うん、それはわかるけど。国王の姉って、メイソンの伯母《おば》さんってこと？」

だって、メイソンって国王の息子なんだよね？　母親がだれかは知らないけれど。正妻の子じゃない、ってことだけは知っている。

伯母なのに、あんなひどいことをしたんだ。

「関係としてはそうだね。でも、別にあの人は、甥《おい》だからかわいがる、とかはない。だって、王位継承者候補は全員甥だし」

あ、そうか。みんな、国王の息子だった。

伯母なのに、と考えるとひどいけど、全員に対してなら…もっとひどくない？

「アイリーンは、自分が生きている間、裕福な暮らしをつづけられないようなことをする人間は全員排除してやる、みたいな性格」

「あー」

うん、そんな感じがする。

「でも、メイソンが王位継承者じゃなくなったら、俺を追放しなくてもよくない？」

「王室にヒノモトの民なんていうわけのわからない人種が入るなんて許せない、邪魔、って理由らしい。ヒルダが言ってた。美容師には何を言ってもいいって思ってる人、たくさんいるからね。ヒルダはいろんなことを知ってるんだ。特にヒルダは裏表のある人が苦手で、そういう意味ではアイリーンは裏表がなく悪人なんだけど、悪人も好きじゃないんだよね。ルルのことは、遠い国から来て、言葉も話せなかったのにいつもにこにこしていて、しばらくしたらたくさん話せるようになってて、努力家でいい子で大好き！　って言ってたよ。だから、アイリーンの話を聞いて、計画を知って、おなじように、ルル大好き！　な使用人たちと連携して、今回のできごとを防いだんだけど…」

メイソンの声のトーンが落ちた。

「ルルをさらってオークションにかけることは知ってて、でも、実際に犯罪が起きなければ警察を動かせないから、ルルには黙ってた。怖い思いをさせた。本当にごめんね。そうだ。これを謝らなくちゃ、と思ってたんだ。それでも、ぼくがいい、って言ってくれるなら…」

ルルは伸びあがって、メイソンにキスをする。

「絶対に助けられる自信があったんだよね？」

「あったけど、万が一、ってことはあるからね。囮《おとり》にしたんだよ？」

「うん。ちょっと怖かったけど、それ以上に腹が立ってた。絶対に逃げてやる、思いどおりになんかならない、って」

売られたら死のう、と弱気になったことは絶対に言わない。

メイソンにつらい思いをさせたくない。

そんなことにはならなかったし、すべて、メイソンの思ったとおりになった。

だから、それでいい。

「あとね、ずらって並んでみんなが拳銃を持ってるところ、すごくかっこよかった！　あの光景、ぞくぞくしたよ。メイソンのことを信じてるし、これからも信じる。メイソンがいい」

「ルルは本当にいい子だね」

メイソンがルルをぎゅっと抱きしめた。

「ぼくの生涯の伴侶になってください」

「なります」

「よかった」

メイソンが嬉しそうに笑う。その笑顔を見ているだけで、ルルも嬉しくなる。

「ところで、オメガってヒートじゃなくてもセックスできるのかな？」

「できるのはできるんじゃないの？　妊娠しないだけで」

「じゃあ、しよう」

「うん」

「え！　したい？」

メイソンが、自分で提案したのにすごく驚いている。

「ヒートのときみたいに、すごくしたい、とかじゃないけど、メイソンとならセックスしたいよ。だから、しよ」

「そうなんだ」

メイソンはふわりとやわらかく笑った。

「それは嬉しい」

「俺も嬉しい」

アルファだから、オメガだから、とかじゃなくて。

ヒートだから、でもなくて。

メイソンだからしたい。

そう思えるのは幸せなこと。

「それでは、生涯の伴侶さま、ベッドに行きましょう」

メイソンがルルを軽々と抱えあげる。

「もうちょっと太って？」

「うん、俺も太ろうと思って。みんなに簡単に持たれてしまうから、それは悔しい。メイソンはいいよ。好きな人だから。そうじゃないやつに持たれるのは屈辱」

「でも、あれは見事な蹴りだったよ」

「俺も会心の一撃だと思った。あの人、大丈夫だったかな？」

生きてる？

「逮捕されたから、生きてる。ケガは知らない。してればいいよ。ルルをあんなふうに持ち上げて」

メイソンがむっとしている。その姿がなんだかかわいい。

かっこよくてかわいいって最強だね。

「もう忘れよう。覚えてたっていいことないよ」

「そうだね。全部忘れて、ぼくと幸せになろう」

すごいな、と思った。

こんなセリフを、こんなにも説得力を持って言えるなんて。

幸せになりたい。

きっと、幸せになれる。

そう心から信じられる。

「うん、なろう」

にこっと笑ったら、にこっと笑ってくれた。

それだけで、もう幸せ。

「あっ…あぁ…っ…」

ペニスが入ってきて、ルルはぎゅっとメイソンにしがみついた。

普通の体勢で、普通にセックスする。

それにとても満たされている。

ルルの内部はヒートでもないのに少し濡れていて、メイソンのペニスが簡単に入った。

甘い匂いはしない。入れてほしくて、いっぱいにしてほしくて、狂おしいほど求めたりもしない。

穏やかでやさしいセックス。

それもはじめてのこと。

「うん、気持ちいい…」

メイソンがうっとりとした表情を浮かべた。

「ホント…に…?」

「嘘はつかない。ヒート中じゃなくても、ルルの中は気持ちいい」

「よかった…」

メイソンのペニスが、ルルの中を掻き回す。ぐちゅん、ぐちゅん、と音がする。

「ん…ぁ…っ…はぅ…っ…」

メイソンの動きにあわせて、ルルも腰を揺らした。ペニスが出入りするのがすごく感じられる。

「ひ…っ…ん…」

ゆっくりと、ただゆっくりと、メイソンはルルの中を擦った。そのゆるやかさが気持ちよくて、体の熱があがっていく。

ぬぷぬぷ、とペニスが動くたびに濡れた音が響いた。

どれくらい、そうしていただろう。

おたがいの目を見つめて、たまにキスをして。

少しずつ快感を高めあっていく。

「も…イク…っ…」

「ぼくも…イク…」

ルルとメイソンが放ったのは、ほぼ同時だった。うっすらと汗をかいた額を、メイソンが指でぬぐってくれる。

「どうだった?」

「気持ちよかった…」

激しい息づかいとか、そういうのもない。

本当に穏やかなセックス。

それがとても幸せだった。

こんな時間がこれからもずっとつづけばいい。

そう心から願うほどに。


「ねえ、メイソン」

ベッドの中で布団に二人でくるまって、抱き合っている。

そんなことが本当に嬉しい。

「ん？」

「俺、接客業したい」

「いいよ。どんな場所で？」

「ごはん出すところ。食べてるときって、みんな、幸せそうだから。その顔を見てたいな」

「わかった。探しとくね。手紙の配達はやめるってことでいい？」

「それもやる。お昼に手紙の配達をして、夜は接客業。稼がないとね」

「ぼくが暇になったのに、ルルが忙しくなるのか」

「やだ？」

そうか。あんまり、ここにいなくなる。

「いやじゃないよ。ルルには好きなことをしてほしい。ぼくはヒノモトの研究を進めないとね。

ルルのおかげで、本当にたくさんのことがわかったから、論文を何本も書かないといけない。世界中のヒノモト研究家が待ってる」

「メイソンって心が広いよね」

「そう?」

「だって、本当に俺の自由にさせてくれる」

「どっちかが自由じゃない関係なんて、絶対にうまくいかないよ。そのうち、不満を抱くようになったら話し合って解決すればいい。ルルはこれからこの国で生活をするんだから、お城の外でどんなことが起きてるのか、ここがどういう国でどういう人たちがいるのか、そういうのはしっかり見てほしいんだよね。接客業はそれにぴったり。それに、ルルは早く品物を盗んだ人たちにお金を返したいんでしょ」

そういうこともきちんとわかってくれる。

「メイソンに誕生日プレゼントもあげたい」

これがいいかな、というものを見つけたけど、高くて手が出ない。仕事が増えれば、買える日が早くなる。

「それは楽しみだね」

「うん、楽しみにしてて」

「ルルの誕生日には、ぼくからプレゼントするね」

メイソンが作ってくれたルルの新しい誕生日。

その日は遠いようで、でも、すぐに来るのだろう。

とても楽しみだ。

「ありがとう」

微笑みあって、キスをした。

こんなささいなことで幸せになれる。

「今日はいろいろあって疲れたでしょ。寝ようか？」

メイソンがルルをぎゅっと抱きしめた。

「メイソンはここで寝るの？」

「いや？」

「ううん、嬉しい」

生まれてからいままで、一人でしか眠ったことがなかった。

だけど、メイソンがこうやってそばにいてくれること。抱きしめてくれていること。

そして、一緒に眠ること。

それがすべて自然に思える。

運命の番だから。

それが理由じゃなければいい。

メイソンだから、であってほしい。

「よかった。ぼくも嬉しい」

額にちゅっとキスをくれて、おやすみ、とささやいてくれる。

そんな日々がこれからもつづくのなら、とてもとても幸せなことだ。

ルルは、おやすみ、と返して、目をつぶる。

メイソンの温もりを感じながら、ルルは眠りに誘われた。うつらうつらすることもなく、すっと眠りに落ちていく。

明日、起きてはじめて見るのがメイソンの顔。

そう思うと幸せで。

生まれてはじめてぐらいに、起きるのが楽しみだ、と思った。

メイソンに会えるのが楽しみ。

本当に。

生まれてからずっと、一人だ、と思っていた。
死ぬまで一人なんだろう、とも。
だれも信じず、一人で生きていくはずだったのに。
たくさんの人に守られて、たくさんの人を信じて、たくさんの人を好きになった。
そのことがとても誇らしい。
そして、そのだれともちがう『好き』を見つけた。
自分のことを不幸だと思ったことはない。
だけど、幸せだとは絶対に思えなかった。
いま、心から言える。
幸せだ、と。
メイソンに出会えて。
メイソンを好きになって。
とてもとても幸せだ、と。
なんの曇りもなく、心から。

後日談

「いらっしゃいませー！」

ガラリと木の扉が開いて、ルルはそちらに元気にそう声をかけた。

「いらっしゃいました」

「メイソン⁉」

どうして、ここにいるの？

「メイソンさまだ」

お客さんがざわざわしている。当然だ。お城にいるのが当たり前の次期国王補佐がこんなところにいたら、だれだって驚く。

「お越しになるなら、お知らせくだされば！」

店主が慌てて飛んできた。夫婦でお店をやっていて、奥さんが料理を作り、旦那さんが給仕をしている。ヒノモトでは見なかっためずらしい形だけど、それがとても自然でいい。奥さんは大きなフライパンをひっきりなしに振っていて、ちゃきちゃきしていてかっこいいし、何より料理がおいしい。旦那さんはやわらかい物腰で少しぐらいの無茶なら聞いてくれて、だけど、あまりにもひどい態度だと一転して威嚇《いかく》して追い出す。給仕係として見習いたいところがたくさんある。

お店は毎日、たくさんのお客さんでにぎわっていた。

「お酒でも飲みたいな、と思って。どこかいいところはないかと探していたら、ちょうど目の前にこのお店が」

「嘘だ！」

ルルのことを心配して見にきたにちがいない。

「おやー？　お客にそんな口をきいていいのかな？」

メイソンは完全におもしろがっている。

「ルル、ちゃんとしなさい」

あー、店主に怒られた。

でも、これはルルが悪い。知り合いであっても、お店ではお客さん。ちゃんとしないと。

「ただいま満席なので、おとなしくお帰りくださいませ」

にっこり笑って、そう言った。

「俺ら、帰るよ！」

「うん、帰る、帰る。あんまり飲みすぎてもな」

「そうそう、帰ろう」

気をきかせた一組のお客が帰ってしまった。

「ルル、テーブルを片づけて、メイソンさまをご案内して」

「はーい」

あーあ。なんか、めんどうなことになりそう。

「その返事でいいと思ってるのかな?」

「はいっ!」

店主はやさしいけど厳しい。メイソンと将来結婚して王族の仲間入りをする人だから、と容赦なんてしない。

特別あつかいされないのは、本当にありがたい。

お客さんも全然特別あつかいしてくれないけどね。むしろ、注文まちがいなんてしようものなら、普通に怒られる。

それも嬉しい。

黒髪にぎょっとされることもなくなってきた。あそこはヒノモトの民が働いているらしい、と聞きつけて、わざわざ見にくる人もいたけれど、働き始めて一ヶ月もたつとだれもルル目当てに来なくなった。

人は慣れるものだし、飽きるものだ、と身をもって知る。

ルルは急いでテーブルを片づけた。テーブルも木製で、とても温もりがある。すべて木製なのは店主のこだわりらしい。

厨房に入って、お皿やグラスをシンクにつけた。そこには水と洗剤が入れられている。これを洗うのもルルの仕事。注文の合い間にやってはいるのだけれど、人気店だから追いつかない。お店が閉まってからも洗い物をしている。

「あがったよ！」

料理人の奥さんが大皿を渡してきた。

わ、ワタリガニのピリ辛ソースだ。これ、本当においしいんだよね。

注文したグループのところに持っていくと、わー！　と歓声があがった。みんな、すぐに料理をお皿にとって、手でかぶりつく。

うん、おいしそう。

「メイソンさま、何にいたしますか？」

店主がテーブルにメイソンを案内していた。メイソンのことをすっかり忘れてた。でも、料理を運んでいたんだし、案内は店主にまかせても大丈夫。

給仕の役割分担なんてない。料理ができたら近くにいる方が運ぶ。お客さんに呼ばれたら、近い方が行く。とにかく近い方が動く。じゃないとお店が回らない。お会計はさすがに店主だ。ルルはまだこの国の貨幣に慣れていない。そのうちやらせるから、と言われてはいる。

こんな人気店なのに、店員はルル一人。テーブルが十個ある、それなりの規模のお店なので本当に忙しい。

　これまでは夫婦二人でやっていたというから驚きだ。どうやっていたんですか、と聞いたら、去年開店したばかりで、最初は暇だったからどうにかなっていただけ。最近になってようやく、これはどうにもならないぞ、と思って募集をかけたという。これから、もっと店員を増やすらしい。

　うん、それがいい。給仕が二人でもかなり大変だ。

「ルル、こっちにおいで」

　メイソンに呼ばれて、ルルは顔をしかめた。

「忙しいんだけど」

「ぼくはお客さんだよ？」

「そうだ、お客さんだよ。いくら王族で、突然来て、かなり迷惑とはいえ、お客さんだぞ」

　店主のこういうところがすごく好きだ。歯に衣《きぬ》を着せない、というのか。お客でも迷惑なのは迷惑と言えるところがすごい。

「はっきり言いますね」

　メイソンが苦笑している。

「お知らせがあれば、うちも大歓迎なんですよ。味には自信がありますし、王室のみなさまにもぜひ食べていただきたい。ですが、急に来られると慌てます、やっぱり」

「普通のお客と思ってください。もしくは、ルルの伴侶として…」

「ちがう！」

メイソンの頭をパシッと軽くたたいた。

「まだ結婚してないから伴侶じゃない！」

「結婚してくれるつもりはあるんだ？」

「それはあるよ」

「え！」

「ええええ！」

「ええええええええ！」

あちこちで声がする。

みんな、聞き耳をたててるんだね。どうりで、さっきから静かだと思っていた。

「メイソンさまは結婚しないとばかり…」

「どうして？」

メイソンが声のした方にそう問いかけた。

「え？」

わたし？　みたいに若い女性が驚いている。

「そう、そこの、結婚しない、って言った女性。どうして、そう思ったの？」

「あの…、えっと…」

　彼女が少しためらってから、早口でまくしたてた。

「幼いころに出会った初恋の人を忘れられなくて、でも、その人は病気で亡くなってしまい、だれとも結婚せずに生きていくためにわざと子供を作らないようにして、みずから進んで王位継承者から外れた、という噂が…」

「すごいね」

　メイソンがのけぞった。

「ひとつもあってないよ。噂って怖い」

「ひとつもですか？」

「うん、ひとつも。初恋の子は隣の国のプリンセスで、その子は元気でいるし結婚した。子供は作らないいんじゃなくてできない。王位継承者は外れたんじゃなくて外された。ぼくの本物の恋の相手はここにいて、そのうち結婚する。その噂なら広めていいよ」

　メイソンがルルの手をぎゅっと握る。

「初恋の人がいたんだ？」

「やきもち？」

　メイソンがからかう口調で言った。

「やきもち…、そうなのかな？　あんまり気分はよくない」

　出会ってないときにメイソンがだれに恋をしようと自由だけど、わざわざ聞きたくはない。

「初恋って言っても、あ、かわいいな、ぐらいで、なんにもしてない。三歳とか四歳とか、そのぐらい。淡い淡い初恋だよ。ルルはないの？」

「ないね」

三歳とか四歳とか、いじめられていた記憶しかない。だれかに恋するなんて無理。

「そっか、ぼくが初恋で最後の恋なんだ。嬉しいね」

「うるさい！　黙って！」

持っているお盆で殴りたくなる。メイソンはこういうことを平気で言うけれど、ルルは恥ずかしくてしかたがない。

「メイソンさま、ご注文は？」

しびれを切らした店主が割って入ってきた。

「そうだね。白ワインと何かおすすめ料理を。一人前で申し訳ないけど、何品か食べてみたいな。無国籍料理なんだよね。楽しみにしてる。あと」

メイソンは、ぐるり、と店内を見回す。

「迷惑をかけたおわびに、みなさんのお会計は全部持つので、じゃんじゃん頼んでください。ぜひ高いものから順番に、お店が儲《もう》かるように」

ひゃっほー！　だの、やったー！　だのの歓声とともに、一気に注文の声があがった。店主とルルで忙しくテーブルを回る。

最高級シャンパンが全部売れて、ボトルワインも高いものからなくなっていく。

げっ、どうやって作るんだったっけ、と厨房では奥さんが叫んだ。このお店のメニューには、『だれも頼まないだろうけど、気が向いたらぜひ』という高級料理のページがあって、たしかにだれも頼まない。そのぐらい高い。冗談で入れている、と奥さんは言っていた。

「材料ないから買ってくるね！」

奥さんはエプロンを外して、厨房の裏から出ていく。材料すらないものをメニューに載せているなんて、本当におもしろいお店だ。

みんな、まだ食べるものはあるし、シャンパンやボトルワインはじゃんじゃん運ばれているし、しばらく料理がこなくても平気。

あ、メイソン！

「こちらをどうぞ。前菜の盛り合わせです」

さすが店主。メイソン用に小さな前菜とグラスワインを出している。

「すごい！　盛りつけがきれいだし、種類はたくさんあるし、おいしそうだ」

たしかに。肉、魚、野菜、と食材もいろいろだ。本当においしそう。

「どう、ルルは？　ちゃんとやってる？」

「とても助かってますよ」

「それはよかった」